CW01642954

La cité des dogues

Aux Éditions du Palémon

Les enquêtes de Mary Lester

Les Bruines de Lanester

Les Diamants de l'Archiduc

La Mort au bord de l'étang

Marée blanche
Prix de la Fondation Paul Ricard - 1995

Le Manoir écarlate

Boucaille sur Douarnenez
Association des Écrivains de l'Ouest :
Grand Prix de la Ville de Rennes - 1995

L'Homme aux doigts bleus

La Cité des dogues

On a volé la Belle Étoile !

Brume sous le grand pont

Mort d'une rombière

Aller simple pour l'enfer

Roulette russe pour Mary Lester

À l'aube du troisième jour

Les gens de la rivière

Filosec et Biscoto

Les Naufragés de l'île sans nom

Le Manoir des hommes perdus

Théâtre

Authentique Histoire de Bélise ...

Aux Éditions Coop Breizh :

Le Gros Lot

Gens et Choses de Bretagne

Aux Éditions Flammarion :

L'Ombre du Vétéran
Prix Pierre Mocaër - 1993

La Fontenelle, Seigneur de l'Île Tristan

Jean FAILLER

La cité des dogues

Éditions du Palémon
ZA de Troyalac'h - N° 10 - Rue André Michelin - 29170 St-Évarzec

Remerciements à :

Pierre DELIGNY,
Nicole GAUMÉ,
l'Office de Tourisme de Saint-Malo.

A la fin de ce roman figure un plan de la ville de Saint-Malo

Toute ressemblance avec des personnes, des noms propres, des lieux privés, des noms de firmes, des situations existant ou ayant existé, ne saurait être que le fait du hasard.

ISBN 2-907572-18-0

La loi du 11 mars 1957 n'autorisant, aux termes des alinéas 2 et 3 de l'article 41, d'une part, que les *copies ou reproductions strictement réservées à l'usage privé du copiste et non destinées à une utilisation collective*, et, d'autre part, que les analyses et les courtes citations dans un but d'exemple et d'illustration, *toute représentation ou reproduction intégrale ou partielle, faite sans le consentement de l'auteur, de l'éditeur ou de leurs ayants droit ou ayants cause, est illicite* (alinéa 1er - article 40).
Cette représentation ou reproduction, par quelque procédé que ce soit, constituerait donc une contrefaçon sanctionnée par les articles 425 et suivants du Code Pénal. 1998/© Éditions du Palémon.

CHAPITRE I

Comme l'avaient prévu les services de la météo, la tempête arriva par l'ouest. Le ciel, jusque là d'un bleu léger, à peine voilé de petits nuages blancs flottant comme un duvet, se couvrit peu à peu. Sur la mer, venant du fond de l'horizon, des nuées plombées, lourdes de menaces, apparurent.

Puis le vent forcit. D'abord en courtes rafales, comme pour prévenir les marins qu'il fallait amener la toile, et les terriens qu'il était temps de ramasser le linge étendu aux séchoirs et de clore solidement portes et fenêtres.

La mer, soudainement devenue toute sombre, presque noire, se creusait de courtes lames rageuses crêtées de blanc. Là-bas, au grand Bé, on les entendait monter à l'assaut de la roche en grondant et le môle des Noires, qui fermait le port de plaisance des Sablons, était par moments recouvert d'écume.

Du haut des remparts de Saint-Malo, le spectacle était grandiose. Mais il restait bien peu de monde pour l'admirer. Deux petits vieux se hâtaient pour descendre l'escalier qui les amènerait rue Sainte-Anne d'où, à l'abri du vent, ils pourraient regagner leur domicile.

Mary Lester continua sa promenade, ravie d'être seule. Elle trouvait que ce temps convenait mieux à la cité corsaire que la bonace qu'on avait eue jusqu'à fin octobre.

Ce nom, Saint-Malo, était porteur de telles senteurs d'aventure, qu'oubliant le XXe siècle, on s'attendait presque à voir une escadre anglaise venir donner du canon contre la citadelle, et on n'aurait pas été autrement surpris de voir sortir du Bastion de Hollande porteur d'une longue-vue de cuivre, le grand Surcouf lui-même, venant diriger la défense de la ville.

Des canons étaient encore à poste, braqués sur cet océan d'où venaient tous les dangers, lourdes masses de fer noirci, portées par des chariots de bois aux petites roues épaisses, cerclées de fer. Pendant des siècles, ces armes depuis longtemps obsolètes avaient protégé la cité contre les incursions des « Sauzons », l'ennemi héréditaire venu de la grande île de l'autre côté du « Channel ».

Avec quelque raison, ces orgueilleux Saxons rêvaient de détruire ce « nid de frelons » où de hardis navigateurs édifiaient d'insolentes fortunes en pillant leurs navires marchands.

En dépit de leurs efforts et de leur domination sur toutes les mers du monde, ils n'avaient jamais pu venir à bout de ces capitaines d'exception et, lorsqu'ils avaient tenu en leurs geôles le plus hardi d'entre eux, Robert Surcouf, ils n'avaient su l'empêcher de regagner la France sur une mauvaise barque, munie de deux avirons dépareillés. Rude gaillard qui avait coûté bien cher au royaume de Sa Très Gracieuse Majesté...

Son bateau, le *Renard* ou du moins sa fidèle réplique, n'était-il pas là, dans le bassin Vauban, paré à l'appareillage ?

Las, le *Renard* ne mettait plus à la voile que pour promener les touristes, et s'il portait toujours ses canons, c'était uniquement pour lancer, aux jours de fête, d'inoffensifs pétards produisant bruit et fumée pour la plus grande joie des petits enfants.

En songeant à ces glorieuses pages d'histoire, Mary Lester marchait à grands pas contre le vent au long du chemin de ronde désert.

La pluie se mit soudain de la partie, portée presque à l'horizontale par la rafale, cinglant le granit comme une mitraille.

Mary se couvrit la tête de la capuche de son duffel-coat. L'ombre tombait sur la vieille ville avec une rapidité surprenante. Dans un renfoncement de la tour Bidouane, un couple se tenait serré, bien abrité de la pluie derrière un redan de pierre jailli de la muraille. C'étaient de très jeunes gens, presque des adolescents, vêtus de cirés fluorescents. La fille en avait un rose, le garçon un jaune. A moins que ce ne fût le contraire, car il sembla à Mary que le plus grand d'entre eux portait de longs cheveux blonds retenus en une sorte de queue de cheval par un élastique tandis que le petit - ou la petite - était presque tondu.

Elle passa en leur jetant un coup d'œil discret. Eux, tout à leurs effusions, preuve vivante que « les amoureux sont seuls au monde », n'avaient rien vu venir. Savaient-ils seulement qu'il pleuvait et que la bourrasque se déchaînait ?

Car elle se déchaînait, la bourrasque. En se tenant légèrement voûtée, Mary, protégée par la ceinture de granit, évitait le plus fort du vent et de la pluie, mais néanmoins, il était temps d'aller se mettre à l'abri.

Elle emprunta l'escalier de grosses pierres pour regagner la rue du Château Gaillard, et par là, son hôtel qui se trouvait rue Sainte-Barbe, au cœur de la vieille ville.

Dans les étroites rues désertes, le vent hurlait, faisant battre les volets qu'on n'avait pas eu le temps d'assujettir. Les rares passants attardés filaient en rasant les murs, comme Mary, se méfiant des tuiles ou des ardoises qu'un tel vent pouvait aisément transformer en missile meurtrier.

Par bonheur, les constructeurs qui avaient rebâti la cité des corsaires après que les incendies consécutifs à la guerre l'eurent détruite en 1944, avaient pourvu les immeubles de ces ardoises rustiques épaisses, tenues à leurs toitures non par des crochets, mais par des clous à large tête qui ne lâchaient pas facilement prise.

Elle dut s'abriter sous un auvent car maintenant c'était un déluge qui s'abattait sur la vieille ville. Les gouttières qui n'arrivaient plus à évacuer ces masses d'eau, dégorgeaient sur la chaussée et les regards des égouts, saturés eux aussi, laissaient monter l'eau jusque sur les trottoirs.

Elle n'eut que trois rues à traverser pour arriver au petit hôtel de la rue Sainte-Barbe où elle avait élu domicile.

Par-dessus ses lunettes de myope, le patron la regarda passer, la saluant d'une courte inclinaison de tête, semblant se demander ce qui poussait une jeune fille à venir visiter Saint-Malo au mois de novembre.

Quand elle eut disparu dans l'escalier, il se pencha sur son registre avec un gros soupir. Ses vacances approchaient, et il rêvait déjà de plages blanches, de palmiers, de mer bleue…

On en était loin. La tempête redoublait de violence ; la pluie, chassée par le vent, cinglait les façades et, en dépit du double vitrage, on entendait la bise hurler au détour des venelles.

Au sortir de ce maelström, la chambre de Mary était un havre de calme et de douceur. Son duffle-coat imbibé d'eau avait doublé de poids. Elle le suspendit soigneusement au-dessus du lavabo pour qu'il ne goutte pas sur la moquette et entreprit de ranger ses affaires.

Quand ce fut fait, et ça ne lui prit guère de temps, elle poussa son sac de voyage au fond de la penderie qui produisit, lorsqu'elle en referma la porte, un grincement lugubre.

Au mur, il y avait une affiche d'un festival passé, représentant une bande de forbans en alerte. C'était un dessin magnifique qui avait illustré *L'île au Trésor*, le fabuleux roman de Robert-Louis Stevenson.

Au premier plan, sur une terre ocre, un squelette ; courbé près de lui, ayant perdu son chapeau noir, un homme en prière. Derrière, cinq autres pirates : l'un avec un bonnet rouge tirant un sabre à large lame du fourreau, les autres portant des chapeaux noirs, brandissant qui un pistolet, qui un fusil, qui une pelle, prêts à parer un invisible danger.

L'artiste avait réussi à faire passer dans son dessin l'extraordinaire tension de ces hommes sur le qui-vive, faisant face à l'ennemi comme une meute de loups défendant griffes et dents une proie en temps de disette. Et la proie de ces loups à face humaine, c'était l'or, les doublons, les ducats, les pièces de huit... La richesse des coloris à elle toute seule évoquait la mythologie du trésor : le sang et l'or pour le rouge et le jaune ; et, pour le noir des chapeaux, la mort.

Mary, qui s'était approchée du mur pour examiner les détails, recula de deux pas pour mieux admirer l'ensemble. Jamais illustration n'avait mieux collé à une œuvre. Pourtant, son auteur resterait anonyme. Etait-il toujours de ce monde ? Elle le souhaita car cette affiche répandue par milliers dans la France entière, consacrait de la plus belle des manières un talent qui n'avait peut-être jamais pu sortir de l'ombre.*

Elle se déshabilla et entra dans la salle de bains. Pendant un temps, le bruit de la douche couvrit celui du vent, mais quand elle entreprit de se sécher, elle entendit de nouveau la clameur furieuse de la tempête qui se brisait contre les épaisses murailles de granit.

Alors, elle repensa à l'affiche : depuis le douzième siècle, combien d'équipages, plus ou moins ressemblant à celui-là, s'étaient-ils élancés du port de Saint-Malo sur des esquifs de fortune à la poursuite de la Toison d'Or ?

Combien de voiles ces vieilles murailles avaient-elles vu s'éloigner en quête de trésor, et combien de navires étaient revenus, avec des équi-

* N.D.L.R. : *cette affiche est due au talent du peintre américain Wyeth, illustrateur de Stevenson. XIXe siècle*

pages clairsemés, accablés de deuils et de misère ?

On ne se souvenait que de ceux qui avaient touché le pactole, des retours glorieux, des prises fabuleuses, des vaisseaux ventrus qu'on déchargeait quai Saint-Vincent, porteurs de madras et d'épices pour la plus grande prospérité de toute la cité.

Au long de son histoire, le vaisseau de pierre, baignant de tous côtés dans la mer, avait connu des heures tumultueuses. Saint-Malo avait toujours été une cité guerrière et turbulente.

Et, le vent hurlant de plus belle, elle se demanda, comme si cette clameur lui rappelait des cris de détresse, combien de corps avaient roulé, pantelants du haut de ces remparts, combien de flots de sang ces caniveaux qui aujourd'hui s'engorgeaient d'eau, avaient-ils charriés vers la mer.

Aujourd'hui, on l'appelait à Saint-Malo pour ce qui était - peut-être - un crime.

CHAPITRE II

Le commissaire Rocca n'y croyait pas. Son visage eût pu servir d'illustration pour l'allégorie du scepticisme, si elle avait figuré dans quelque dictionnaire.

– Mais alors, demanda Mary, de quoi est-elle morte cette dame Roch ?

Rocca croisa et décroisa ses mains avant de répondre. C'était un quadragénaire qui avait conservé la tête de premier de la classe qu'il avait dû être à douze ans. Ses cheveux bien peignés n'étaient ni trop longs ni trop courts, sa chemise blanche était impeccable et son nœud de cravate dans l'alignement parfait d'une veste de tweed portée d'une manière un peu trop rigide. Il fixa ses ongles parfaitement manucurés et laissa tomber, ennuyé :

– D'un arrêt du cœur.

– Tout simplement ?

– Je ne fais que reprendre les termes du médecin légiste…

Il eut un léger mouvement de tête vers un épais dossier cartonné, sanglé par une lanière de toile :

– Tout est là-dedans…

– Pouvez pas m'en dire plus ? demanda Mary, irritée par ce mutisme qu'elle prenait pour du mauvais vouloir.

Le commissaire soupira, comme si on lui demandait de faire un insupportable effort. A cet instant, elle décida qu'il avait une tête à claques et se douta que son séjour à Saint-Malo n'irait pas sans heurts.

– Vous en dire plus ! reprit-il, avec un détachement teinté de condescendance, vous en avez de bonnes ! Je ne peux tout de même pas inventer ! Le corps de madame Simone Roch a été découvert sur la grande plage, face à l'épi de la Hoguette, au début du printemps, le 15 mars exactement...

– Le 15 mars ! s'exclama Mary. Et c'est maintenant...

Elle n'acheva pas sa phrase. Il y avait bientôt huit mois que la jeune femme était décédée. Elle marmonna :

– Tu parles d'un cadeau !

Le commissaire la regardait avec un petit sourire en coin, d'un air de dire : « vous comprenez maintenant mon manque d'enthousiasme ? »

– Mais si je me souviens bien, dit-elle, elle avait disparu plusieurs jours auparavant ?

– Vous vous souvenez bien, en effet, dit le commissaire Rocca. Madame Simone Roch est partie faire son jogging un samedi matin, le 4 mars, il me semble, et elle n'est jamais rentrée.

– Quand sa disparition a-t-elle été signalée ?

– Le jour même, dit le commissaire, par le mari.

Mary réfléchit un moment, puis demanda :

– Il s'est donc écoulé plus d'une semaine entre sa disparition et la découverte de son cadavre…

– Onze jours exactement, dit Rocca pour montrer qu'il savait compter et qu'il connaissait parfaitement son dossier.

– Le corps devait donc être en piteux état.

– Affreux, dit le commissaire en plissant les yeux, comme si de se remémorer cette vision le faisait souffrir.

Et, après un instant de silence, il précisa :

– Le cadavre avait séjourné dans l'eau, il avait dû flotter au fil des courants, être drossé sur les rochers, attaqué par les crabes, les goélands… Il était en état de décomposition avancée.

Il grimaça douloureusement, puis il alluma une cigarette blonde, espérant peut-être que le fantôme mutilé de Simone Roch disparaîtrait derrière son écran de fumée.

– Quel âge avait la victime ? demanda Mary.

– Trente-quatre ans, dit Rocca. Trente-quatre ans, et c'était une très jolie femme…

Il tira deux grosses bouffées de fumée, les yeux dans le vague. La mort de Simone Roch semblait l'avoir réellement affecté.

– Vous la connaissiez ? demanda Mary.

Il hocha la tête en signe d'acquiescement mais ne parut pas désireux d'en dire plus.

– A votre avis, de quoi est-elle morte ?

Il la regarda, surpris :

– Je vous l'ai dit, d'une crise cardiaque.

Et, comme elle le fixait, muette, il ajouta :

– Le rapport d'autopsie est formel. Il n'y avait pas d'eau dans les poumons, elle ne s'est pas noyée.

– Elle n'a pas été violée ?

Rocca se redressa vivement, comme si elle avait dit une incongruité.

– Violée ? Vous n'y pensez pas ?

– Pourquoi ? C'est une mésaventure qui arrive plus souvent qu'on ne le croit à des jeunes femmes qui courent seules dans des endroits déserts.

Et, comme le commissaire hochait la tête, refusant cette hypothèse, elle ajouta :

– Une jeune et jolie femme en petite tenue, isolée dans le petit matin sur une plage déserte, ça peut donner des idées à certains maniaques.

A nouveau Rocca hocha la tête négativement :

– Le rapport d'autopsie n'a pas mentionné de trace d'une agression sexuelle.

Mary ne voulut pas insister. Puisque le commissaire revenait à tout propos à son rapport d'autopsie, elle le lirait, comme elle lirait tout le dossier.

– Alors, cette crise cardiaque, par quoi aurait-elle été provoquée ?

Rocca haussa les épaules :

– Il arrive tous les jours que des joggers imprudents soient victimes d'eux-mêmes, d'une surestimation de leurs capacités.

– Donc, vous pensez que madame Roch aurait fait des efforts trop violents et qu'elle aurait succombé à un infarctus sur la plage même.

– Quelque chose comme ça, en effet.

Il corrigea sa phrase :

– C'est ce que tout le monde a pensé. C'est l'hypothèse la plus vraisemblable. Elle court en lisière de l'eau, et elle s'écroule. Le flot l'emporte et, en redescendant, l'entraîne au large…

– Et la dépose là où elle a succombé onze jours plus tard… Humpff…

– Ce sont les conclusions auxquelles nous nous sommes arrêtés, dit Rocca.

– Elles ne font pas l'unanimité, lui répondit Mary, puisque son époux a demandé un supplément d'enquête.

– C'est son droit, dit le commissaire d'un air pincé.

Et, après un silence, il ajouta :

– C'est un homme qui a de l'entregent : vice-président de la Caisse nationale des notaires, suppléant du député, son étude est une des plus grosses affaires de la côte. Un type qui ne s'en laisse pas conter…

En prononçant ces mots, le commissaire Rocca n'avait pu s'empêcher de serrer ses lèvres minces. Il avait dû en entendre de sévères de la part du tabellion, lors de l'enquête.

Mary avait ouvert la chemise et la feuilletait. Elle s'arrêta sur un document :

– Mais dites donc, il avait l'âge d'être son père !

– En effet, dit Rocca. Maître Roch a des enfants plus âgés que son épouse.

– Ils étaient mariés depuis longtemps ?

– Quatre ans, je crois. Maître Roch était veuf depuis une dizaine d'années quand il a connu Simone.

Mary le regarda, surprise par cette familiarité, il n'était pas d'usage qu'un commissaire appelât une victime par son prénom. Elle referma le dossier et demanda :

– Ça ne jasait pas trop ?

– Ça jase toujours trop, répondit Rocca. Surtout dans des circonstances aussi dramatiques. Avant qu'on ne découvre le corps, la rumeur a affirmé que Simone Roch était partie avec un homme.

– On lui connaissait donc un amant.

– Je n'ai pas dit ça ! dit-il en la regardant avec irritation.

Il inspira longuement, se contraignant au calme et ajouta :

– Je vous ai fait part des « on-dit », des cancans qui courent dans toutes les petites villes. Ne prenez pas ça pour du pain bénit !

Il haussa les épaules, comme s'il était furieux contre cette rumeur et contre celle qui, en face de lui, le forçait à en parler.

Mary qui l'examinait, pendant qu'il prononçait ces paroles, baissa les yeux. La véhémence du commissaire la surprenait. Il n'aurait pas parlé autrement s'il avait été amoureux de Simone Roch.

Elle finit par demander :

– Et… cette rumeur, avait-elle un fondement ?

– Que voulez-vous dire ? fit Rocca en posant ses mains bien à plat sur le buvard vert qui couvrait son bureau en imitation acajou.

– Avait-elle des fréquentations qui auraient pu alimenter…

Il ne la laissa pas finir sa phrase :

– Des fréquentations, bien sûr qu'elle avait des fréquentations, des amis, des amies… Simone était une excellente joueuse de tennis, dans cette discipline, aucune femme ne lui arrivait à la cheville. Alors, forcément, elle jouait avec des hommes…

– Ah! fit Mary.

Le commissaire lui jeta un regard noir et ajouta :

–… Qu'elle battait souvent!

– C'était donc une grande sportive…

– Vous pouvez le dire! Quand son mari l'a connue, elle était monitrice en montagne. Elle accompagnait les randonneurs, faisait elle-même de l'escalade…

– Et maître Roch?

– Quoi, maître Roch?

– Est-il sportif?

– A sa manière.

– C'est-à-dire?

– Il fait du bateau.

– De la voile?

– Ouais… Pour perpétuer la tradition familiale, il a une superbe goélette au port des Sablons.

Et, voyant Mary froncer les sourcils, il demanda :

– Vous ne saviez pas que nous étions dans une région de tradition?

– Si, comme dans toute la Bretagne.

– Ici plus qu'ailleurs. Il y a même une association des descendants de corsaires.

Mary sourit :

– Sans blague?

– Je ne plaisante pas, dit le commissaire, ils ont leur siège social dans un local, sur les remparts, comme au bon vieux temps…

– Et maître Roch fait partie de la confrérie?

– Evidemment! C'est un des membres les plus éminents. Ses ancêtres ont fait fortune sur les mers et ont grandement contribué à asseoir la renommée de la ville.

– Et, tant qu'à faire, il a une goélette!

– Ouais, un superbe bateau d'une quinzaine de mètres de long qu'il manœuvre avec maestria. Mais - et cette évocation lui arracha un maigre sourire - ce n'est certes pas lui qui irait courir le long d'une plage, et encore moins, suer sur un court de tennis.

– En tout cas, dit Mary, c'est bien lui qui a demandé un supplément d'enquête sur la mort de son épouse.

– Oui, soupira le commissaire.

– On dirait que vous le regrettez!

– Ça sert à quoi? demanda-t-il. Ça ne la fera pas revenir, alors, morte d'une crise cardiaque en faisant son jogging, c'est une mort honorable, non?

– Je ne sais pas ce que vous entendez par là, dit-elle, très froide en se levant. Je n'ai jamais compris cette expression. La mort est toujours affreuse, surtout quand elle frappe un être jeune, apparemment heureux de vivre.

Le commissaire se leva à son tour.

– Je me comprends, bredouilla-t-il. Je voulais dire que c'est tout de même moins dur pour la famille...

Elle le regarda sans aménité :

– Vous pensez donc que c'est moins pénible pour le veuf de savoir que sa femme est morte naturellement plutôt qu'assassinée?

– Voilà ! Voilà ! fit Rocca. Vous me comprenez n'est-ce pas ?

– Je comprends ce que vous dites, bien sûr ! Cependant, je suis plutôt de l'avis de maître Roch. Le pire serait que Simone Roch ait été assassinée et que son assassin coure toujours Et, croyez-moi, je ferai tout pour que, si meurtre il y a, le coupable paye sa dette !

Elle prit le dossier sur la table, et, le regardant sous le nez :

– Vous me comprenez, n'est-ce pas ?

Le commissaire Rocca regarda la porte se fermer sans faire un geste. Il demeura un moment immobile, les yeux dans le vague, puis il secoua la tête, comme quelqu'un qui vient de faire un mauvais rêve et qui reprend pied dans la réalité.

Mais qui était cette bonne femme ? Quel aplomb ! Il n'y avait pas un de ses hommes qui aurait osé lui parler sur ce ton !

On frappa à la porte, alors il s'en fut s'asseoir derrière son bureau, et fit mine de consulter un dossier avant de crier :

– Entrez !

Le lieutenant Maüer, qui attendait dans le couloir, fronça les sourcils : il n'était pas dans les habitudes du commissaire de brailler de la sorte, ni d'ailleurs de faire attendre avant de répondre.

Il entra.

– Monsieur le commissaire, c'est au sujet de l'organisation du triathlon de dimanche prochain, les coureurs doivent faire le tour des remparts...

Le commissaire regardait droit devant lui, visiblement, les propos du lieutenant ne l'atteignaient pas.

– Dites donc Maüer, fit il, vous avez vu cette fille qui sort d'ici ?

Maüer fixa son chef. Ce n'était tout de même pas cette jeune femme qui l'avait mis dans cet état !

– J'ai croisé une femme dans l'escalier, dit-il. Elle portait un duffle-coat beige et avait un gros dossier sous le bras.

– C'est ça, fit Rocca. Savez-vous qui c'était ?

Maüer écarta les bras d'un air de dire : « comment le saurais-je ? »

– Eh bien mon vieux, c'était Mary Lester !

– Mary Lester, répéta le lieutenant Maüer, tout surpris de se faire appeler « mon vieux » par le commissaire.

Ici les familiarités n'étaient pas de mise. Le commissaire Rocca ne tutoyait personne et donnait à chacun son grade exact. Quand on s'adressait à lui, on lui donnait du « Monsieur le Commissaire » et un nouveau venu qui s'était risqué à l'appeler « patron » s'était vertement fait remettre en place. « Où vous croyez-vous ? s'était exclamé Rocca, à la halle au poisson ? Dans un chantier de construction ? » Le malheureux s'était ramassé, la mine piteuse et avait donné à Rocca ce surnom qui lui était resté et qui l'aurait fait bondir s'il l'avait connu : « Coco ».

– Mary Lester, dit lugubrement « Coco » Rocca, la souris qui a piégé Amédéo à Lorient* et qui a démantelé la filière narco à La Baule...**

* voir *Les bruines de Lanester* - ** voir *L'homme aux doigts bleus*

Il fixa son subordonné et ajouta :

– Entre autres choses…

– Je croyais, dit Maüer, que c'était le commissaire Graissac qui avait débrouillé cette affaire.

Rocca eut un bref ricanement :

– Graissac n'est arrivé que pour manger les marrons. C'est elle, Mary Lester, qui les a tirés du feu.

– Mais, on n'a pas parlé d'elle dans cette affaire, s'étonna Maüer.

– C'est bien ce qui m'inquiète, dit Rocca, elle a fait tout le boulot, et n'a pas cherché à s'en glorifier. Comme à Concarneau…* Ça a été la même chose. Elle fait arrêter quatre dangereux gangsters belges, récupérer cinquante kilos de cocaïne, et puis elle a l'air de s'en tamponner. Elle n'assiste même pas à l'interrogatoire !

– Ah, fit Maüer, à Concarneau, c'est donc elle qui a tendu une souricière sur un pont… Les quatre types ont été cueillis en douceur… Je me souviens, on en a parlé comme d'un petit chef-d'œuvre de stratégie policière.

– Voilà, fit Rocca. L'auteur du chef-d'œuvre est dans nos murs. Vous allez voir ça ! C'est une nature, je vous le jure…

– Mais, que vient-elle faire ici, Monsieur ?

– Enquêter sur la mort de Simone Roch.

– Je croyais que le dossier…

– Etait classé ? demanda Rocca, eh bien, moi aussi. Actuellement, il ne l'est plus. Maître Léonard Roch a demandé un supplément d'enquête, et c'est le lieutenant Lester qui en est chargée.

* voir *Marée blanche*

– Depuis le temps, s'exclama Maüer, elle va bien s'amuser, le lieutenant Lester.

Et comme Rocca le regardait, pensif, Maüer revint à ce qui l'avait amené :

– Et pour le triathlon, monsieur le commissaire ?

– Ah… le triathlon… Qui s'en est occupé l'an dernier ?

– C'est moi, monsieur le commissaire.

– Si je m'en souviens, tout s'est bien passé ?

– Oui.

– Eh bien, faites comme l'année dernière, Maüer !

CHAPITRE III

Il ne pleuvait plus mais le vent restait fort. Fort et doux, comme une véritable brise d'ouest, charriant un air saturé d'humidité.

Mary traversa la place des frères Lammenais, puis la place du Pilori et enfin le marché aux légumes. La vieille ville avait des rues aux noms enchanteurs : il y avait la rue du Gras Mollet, de la Corne de Cerf, la rue de la Pie qui Boit...

L'aventure avait, au fil des siècles, tant imprégné les remparts de granit, que ni les tonnes de bombes qu'on y avait déversées pendant la dernière guerre, ni cette fin de millénaire veule et sans ambition n'avaient pu les en défaire. A la fin du XVIe siècle, les malouins, forts de leurs richesses conquises sur les mers, et qui ne craignaient ni Dieu ni Diable, s'étaient constitués en République Indépendante, à l'instar de Venise.

Depuis lors, l'air qu'on y respirait sentait la Liberté et l'Aventure, deux mots infiniment chers au cœur de Mary Lester.

Elle monta quatre à quatre les marches de l'hôtel, ouvrit sa chambre à la volée et jeta l'épais dossier sur le lit. Puis elle se défit de son duffle-coat et dénoua la lanière qui retenait les documents.

L'enquête, apparemment, avait été menée de la façon la plus régulière. Il y avait là le procès-verbal de l'interrogatoire du mari, du promeneur matinal qui avait découvert le corps, un nommé Raoul Chevallier, et puis les dépositions des relations de Simone Roch, de ses amies, de ses partenaires de tennis, de voile. Car la belle faisait de la voile. Peut-être accompagnait-elle son mari le week-end sur sa goélette, mais en semaine, elle pratiquait le catamaran de sport et même la planche à voile.

Deux hommes avaient particulièrement été mis sur la sellette, Patrick Slimane, 33 ans, entraîneur au tennis club et Ronald Cartridge, 29 ans, moniteur au centre de voile.

Ces deux hommes avaient été nommément cités par la rumeur, comme étant les amants de Simone Roch, bien que tous deux s'en fussent vigoureusement défendus.

L'enquête avait été menée par le commissaire lui-même, assisté par le lieutenant Maüer. Ce lieutenant Maüer avait minutieusement reconstitué l'emploi du temps de Simone Roch, depuis le moment où elle avait quitté la malouinière de Paramé où elle habitait avec son mari, pour aller à la grande plage de Rochebonne.

Des passants qui se rendaient à leur travail l'avaient vue courir en short et tee-shirt blanc, avec un bandeau également blanc sur le front pour retenir ses cheveux auburn.

Certains avaient l'habitude de la voir car elle courait ainsi trois ou quatre fois par semaine.

Parfois, en longeant la plage, elle allait jusqu'aux remparts et revenait jusqu'à la pointe de Rochebonne où il lui arrivait, même en hiver, de plonger dans la mer et de nager pendant quelques minutes. Ensuite elle revenait, toujours en courant, jusqu'à la malouinière.

Mary eut une moue admirative. Quelle santé ! Surtout quand on connaissait la température de l'eau sur cette côte Nord de la Bretagne.

Elle referma le classeur, songeuse. Il était donc avéré que la victime avait agi comme à son habitude, plusieurs personnes en attestaient, mais personne ne pouvait dire avec certitude où on l'avait vue pour la dernière fois.

Questionnés deux semaines après la date de sa disparition, les témoignages étaient évasifs et confus. Alors, huit mois après...

Le rapport d'autopsie, comme l'avait dit le commissaire Rocca, ne mentionnait pas d'eau dans les poumons, ce qui prouvait que la victime ne s'était pas noyée et il paraissait également établi qu'elle n'avait pas eu de rapports sexuels, avant sa mort.

Pour le reste, le corps était en si piteux état lorsqu'on l'avait retrouvé, qu'il avait fallu hospitaliser le malheureux Raoul Chevallier, ce retraité qui l'avait découvert sous un amas de goémons. Le corps était entièrement dénudé et lacéré d'affreuse manière. La tête était presque entièrement décollée du tronc, et des lambeaux de chair entiers avaient été arrachés des bras et des jambes.

Elle replia le document avec une moue de dégoût. Pas étonnant que le malheureux

Chevallier en ait eu des cauchemars. Et dire que Rocca appelait ça une mort « honorable »!

– Je t'en foutrais, moi, des morts honorables! jeta-t-elle en sautant de son lit.

Elle dévala l'escalier et sortit en trombe sous l'œil éberlué du patron qui lisait le journal, assis derrière sa caisse.

*

En ce mois de novembre, le club de voile de la baie de Saint-Malo n'avait qu'une activité réduite et, sur la cale de Dinan, les catamarans de sport attendaient, bien rangés, les navigateurs audacieux.

Mary descendit sur les gros pavés de grès et s'approcha d'un homme en combinaison bleue qui bricolait l'accastillage de mâts métalliques posés sur des tréteaux.

Quand il l'entendit approcher, il se retourna.

– Bonjour, dit-elle, je cherche un certain Ronald Cartridge.

– C'est moi, dit l'homme en posant son démanilleur et sa clé à molette. Il sortit de la poche de sa salopette un morceau de chiffon et s'essuya les mains sans quitter Mary des yeux.

– C'est à quel sujet?

Bien qu'il parlât parfaitement le français, on percevait un accent anglais très marqué. Tout dans son physique annonçait le citoyen britannique : des cheveux blonds filasse un peu clairsemés sur le dessus du crâne et de longues dents jaunâtres qui se chevauchaient l'indiquaient mieux qu'une carte d'identité.

Mary sortit sa carte de sa poche :

– Police.

L'homme se rembrunit et rempocha son chiffon essuie-mains.

– C'est à quel sujet? redemanda-t-il.

Il sembla à Mary que son accent était plus présent encore, comme si ce simple mot « police » l'avait troublé. Elle jeta un coup d'œil sur le chantier désert.

– Il n'y a pas un endroit où l'on pourrait causer tranquillement?

Il soupira et montra de la tête une porte vitrée :

– Le bureau?

Elle acquiesça :

– Allons-y.

Le bureau, comme disait pompeusement Ronald Cartridge, était une baraque de briques posée sur une dalle de béton à même la plage. Il s'y entassait des chemises poussiéreuses sur des étagères de bois blanc, de simples planches qui avaient été fixées à la cloison au fur et à mesure des besoins. Il y avait néanmoins un meuble métallique avec des tiroirs derrière lequel Cartridge s'assit, désignant une vieille chaise paillée à son interlocutrice.

Mary s'y posa avec circonspection car le meuble lui paraissait passablement branlant, ce que Cartridge confirma :

– Méfiez-vous, je crois qu'elle a un pied plus court que les autres.

Puis il la regarda, interrogatif.

– Vous êtes responsable de ce club de voile, monsieur Cartridge?

Les sourcils froncés, Cartridge acquiesça.

– Je suis venue vous voir au sujet de la mort de madame Simone Roch.

Cartridge soupira :

– Encore !

Et Mary ne put dire si c'était là un soupir de soulagement ou de lassitude.

– Madame Roch, poursuivit-elle, fréquentait assidûment votre club de voile.

– Oui, dit Cartridge, mais j'ai déjà dit tout ça à la police.

– C'est ça, fit-elle en consultant son carnet, à l'inspecteur Maüer.

Il répondit en écho :

– C'est ça, l'inspecteur Maüer.

Puis il soupira, accablé :

– Vous voulez savoir quand elle a loué le catamaran, la planche à voile ?

– Non, monsieur Cartridge.

Le moniteur de voile parut soulagé :

– Ah... Parce que s'il avait fallu rechercher tout ça...

Il regarda les classeurs d'un œil désabusé :

– C'est noté, bien sûr, mais quel boulot !

Mary lui sourit. Il n'avait pas l'air d'apprécier la paperasse plus qu'elle.

– Rassurez-vous, il ne s'agit pas de ça. J'aimerais que vous me parliez de madame Roch.

Devant l'air surpris de son interlocuteur, elle précisa :

– De son comportement, quelle femme était-elle, connaissait-elle bien la navigation...

Ronald Cartridge grattait de l'ongle de son

index droit une tache de cambouis sur son pouce gauche.

– Je ne sais pas ce que vous voulez dire par « connaître la navigation », dit-il, mais en tout cas, elle savait parfaitement barrer un « cata » de sport, et elle se débrouillait parfaitement en planche à voile.

Elle lui sourit de nouveau :

– C'est ce que je voulais savoir, monsieur Cartridge. Je sais que vous avez été un spécialiste des courses au large...

L'homme lui sourit de toutes ses dents, un sourire à faire peur aux petits enfants. Visiblement il appréciait qu'on se souvienne de son glorieux passé. Avant d'être devenu homme à tout faire dans cette école de voile, il avait été un navigateur renommé qui avait, à plusieurs reprises, bien figuré dans les transats en solitaire.

– Simone, dit-il, venait ici deux ou trois fois par semaine.

– Avait-elle des jours réguliers ?

– Non, elle venait quand les conditions météorologiques lui convenaient.

– C'est-à-dire ?

– C'est-à-dire quand il y avait du vent. Naviguer par temps calme ne l'intéressait pas. Il lui fallait de la « piaule », un bon quatre ou un cinq bien établi pour le catamaran, au-dessus elle préférait la planche à voile.

Il s'agissait de la force du vent sur l'échelle de Beaufort. Les régimes qu'indiquait Ronald Cartridge étaient déjà des conditions difficiles où la plupart des plaisanciers restent au quai.

– Elle naviguait toute seule ?

– Non, en catamaran de sport il faut être deux.

– Qui l'accompagnait ?

– Parfois moi, parfois un stagiaire de l'école de voile.

– Elle était douée ?

– Ouais, la glisse, ça la connaissait. Quand elle était jeune, elle avait été monitrice de ski.

– Trente-cinq ans, ce n'est pas bien vieux, dit Mary. C'était l'âge qu'elle avait, non ?

– Je m'exprime mal, dit Cartridge. Bien sûr qu'elle n'était pas vieille. Mais comme ici la plupart des stagiaires n'ont pas vingt ans…

– Vous faites donc figure de vieillard, compléta-t-elle.

Cartridge sourit de nouveau :

– Il y a de ça, avoua-t-il. Ce que je voulais dire, c'est que Simone avait fait de la montagne quand elle était adolescente. Ensuite elle avait été monitrice de ski, aux Arcs, je crois.

– Cela a-t-il une relation avec la voile ?

– C'est de la glisse ! dit Cartridge. En planche, ajouta-t-il, elle y allait toute seule.

– Même par gros temps ?

– Surtout par gros temps ! Elle prenait une petite planche de saut, le « water start » n'avait plus de secret pour elle.

– Le quoi ? demanda Mary en fronçant les sourcils.

– Le « water start », le départ dans l'eau si vous préférez. C'est une technique qui consiste, quand on est tombé à l'eau, à se faire soulever par sa voile. Tout le monde n'y arrive pas, il faut déjà y tâter car ces petites planches de saut ne flottent que lorsqu'elles sont en mouvement.

Par le carreau de la porte, Mary regarda l'alignement de planches profilées et peintes de couleurs multicolores. Elle s'imaginait mal, par un vent de force six, en train de faire du « water start » au milieu d'une mer bouillonnante.

– Elle pratiquait surtout l'été ?

– Non. Plutôt en automne et au printemps, c'est à cette époque que les vents sont les plus favorables.

– Et autrement, quel genre de femme était-ce ?

Cartridge la regarda en silence avant de lui répondre :

– Simone était une fille épatante. Gaie, enjouée, toujours de bonne humeur et pas bégueule pour deux ronds. Elle n'hésitait pas à donner un coup de main à un stagiaire pour régler son bateau ou à prodiguer un conseil à un débutant qui ne savait pas remonter sur sa planche. Jamais on n'aurait pu penser qu'elle était femme de notaire.

– Qu'avez vous pensé de sa mort ?

– J'ai trouvé ça terrible. Terrible et injuste.

– Pensez-vous qu'elle ait pu décéder d'un arrêt du cœur ?

– Ça arrive, dit Cartridge évasif. Je ne suis pas médecin, et puis, ce sont les conclusions de la police, n'est-ce pas ?

☆

Patrick Slimane donnait un cours lorsque Mary Lester arriva au tennis club malouin, situé au parc des sports municipal.

Le moniteur, qui paraissait âgé d'une trentaine d'années, était un homme de taille moyenne, très brun, au type méditerranéen prononcé. Vêtu d'un survêtement marine à bandes blanches, il renvoyait des balles à un quinquagénaire poussif en lui prodiguant des conseils que l'autre avait bien du mal à suivre : « Pliez les genoux ! Plus coulé le mouvement ! Armez bien votre coup ! »

Mary arrêta sa voiture près du court et resta regarder les deux hommes. Le temps était doux et la grosse pluie de la veille avait réveillé les odeurs de la terre. Quelque part on entendait une tondeuse à gazon, et le choc sourd des balles s'écrasant sur les raquettes, enfin, ce conseil qui revenait comme un leitmotiv :

– Les genoux ! Pliez les genoux !

Le quinquagénaire, plus rouge qu'un bolchevik au matin du grand soir, s'efforçait de suivre les conseils du professeur, mais ses malheureux genoux se pliaient à contretemps et, supportant une surcharge pondérale accablante, ils avaient mille peines à se redresser.

Impitoyable, Patrick Slimane renvoyait les balles avec aisance, sans manifester le moindre signe de fatigue.

– Allons, pliez les genoux !

Mary avait entrouvert les vitres de l'Austin et introduit son dernier achat, un CD du Berliner Philharmoniker orchestra intitulé *4 Hornkonzerte* de Mozart, dirigé par Karajan, dans son lecteur laser. La musique coula des baffles, légère, aérienne, céleste. Elle ferma un instant les yeux. Ah Mozart !

Puis elle revint sur terre, toujours sous le charme, et regarda d'un œil distrait les échanges en attendant que ça se termine. L'élève allait de plus en plus souvent jusqu'à son sac, déposé sur un banc près du filet. Il en sortait un grande serviette blanche et s'épongeait le front, buvait au goulot d'une bouteille de plastique, puis retournait bravement sur le court.

Enfin, le professeur lança la dernière balle que le malheureux manqua pitoyablement, ses genoux trop sollicités ayant déclaré forfait. Il se retrouva à quatre pattes sur l'enrobé du court la langue pendante, comme un chien qui a trop couru, et demeura quelques instants dans cette posture humiliante sans avoir la force de se relever.

Slimane vint vers lui sans se presser et l'aida avec une fausse sollicitude :

– Vous ne vous êtes pas fait mal ?

– Hon ! souffla l'autre en s'époussetant.

La bouche grande ouverte tel un poisson échoué sur un banc de sable, il essayait de pomper le plus d'oxygène possible en ahanant comme un cheval fourbu.

– Je pense que ça suffira pour aujourd'hui, dit le moniteur avec un mince sourire.

– Hon ! fit de nouveau l'autre, incapable de sortir un autre son.

Puis il s'effondra sur le banc, près de son sac, la serviette autour du cou, et resta un moment prostré, les coudes appuyés sur les genoux, la tête basse. Slimane, lui, revint vers le club-house en jonglant habilement avec sa raquette.

Mary sortit de sa voiture :

– Monsieur Slimane ?

Le moniteur s'arrêta, intrigué :

– Oui…

– Je pourrais vous parler quelques instants ?

Il la toisa d'un œil connaisseur, en amateur de femmes et eut ce mince sourire qu'elle lui avait vu tout à l'heure sur le court.

– Certainement…

Il attendit, comme si la conversation devait se dérouler là, sur le parking.

– Il y a peut-être un bureau où nous serions plus tranquilles ? dit Mary en montrant le bâtiment d'accueil.

– Bien sûr… Si vous voulez me suivre…

Elle lui emboîta la pas et il la mena dans une sorte de cafétéria déserte à cette heure.

– Un café ? proposa-t-il aimablement.

– Volontiers…

Il passa derrière le bar en bois vernis et mit le percolateur en marche. Mary entendit des crachotements et des gargouillis dans la machine. Slimane, sans se presser, versait les doses de café moulu, les tassait, puis disposait les tasses sous le bec verseur, en homme habitué à cette besogne.

Enfin, il posa les deux tasses sur le bar, prit des cuillers dans un tiroir et poussa devant Mary une soucoupe contenant des petits cubes de sucre emballés dans des papiers multicolores.

Il ne lui avait toujours pas demandé ce qui l'amenait. Sans doute avait-il l'habitude des jeunes filles qui venaient s'inscrire aux cours de tennis.

Mary ne se pressait pas plus que lui. Elle déballa un sucre, touilla lentement son café, puis en but une gorgée. Slimane, son petit sourire aux lèvres, la regardait comme une proie. Il se savait un physique avantageux et, dans une position comme la sienne, ne devait pas manquer de bonnes fortunes.

Quand elle mit une main à sa poche, il se méprit, croyant qu'elle voulait payer :

– Laissez…

Cependant Mary n'entendait pas sortir de la monnaie, seulement son porte-cartes qui était dans la poche arrière de son jean. Elle l'ouvrit et le posa sur le bar :

– Police !

Le petit sourire fat disparut des lèvres du professeur de tennis.

– Police ?

Ce fut à Mary de sourire.

– Oui, lieutenant Lester.

Slimane bredouilla :

– Vous n'êtes donc pas là pour…

– Des leçons de tennis ? non monsieur Slimane.

Et elle continua de le fixer en pensant : « je viens déjà de me farcir un mois de golf… Point trop n'en faut ! »

L'élève de Slimane, qui paraissait avoir un peu récupéré, poussa la porte, la serviette autour du cou, le sac au bout du bras :

– Je passe à la douche, Slim…

Elle remarqua que, maintenant, il avait la peau blême et de grands cernes bleutés sous les yeux.

Encore un qui croit que le sport fait du bien, pensa-t-elle. Un de ces jours, il restera sur le court…

– O.K. m'sieur Garnier, jeta Slimane, je viens de l'ouvrir.

Puis, revenant vers Mary :

– Mais, à quel sujet venez-vous ici ?

– C'est au sujet de la mort de madame Simone Roch.

– Ah… fit Slimane décontenancé. Mais je croyais qu'elle s'était noyée ?

– Qui vous a dit ça ? demanda vivement Mary.

– Mais… fit-il en jetant un regard circulaire, comme s'il cherchait quelqu'un à prendre à témoin, c'est bien sur la plage qu'on a retrouvé son corps…

– Ouais, fit Mary, mais ça ne veut pour autant pas dire qu'elle s'est noyée ! Officiellement, elle a succombé à une crise cardiaque.

– Et vous enquêtez quand il y a crise cardiaque ? ironisa Slimane en retrouvant son aplomb.

Elle ne lui répondit pas directement mais lui posa une autre question :

– Vous la connaissiez bien ?

– Evidemment, fit-il en baissant la tête, elle était ici tous les deux jours !

– C'était une bonne joueuse, m'a-t-on dit.

– Excellente, fit Slimane avec chaleur. Un service canon, et un de ces coups droits pour suivre ! Son revers était plus faible mais je l'entraînais à le jouer à deux mains…

– Et elle progressait ?

– Et comment ! fit-il, il n'y avait pas une nana dans la région capable de tenir deux sets devant elle !

– C'est ce qu'on m'a dit, fit Mary. On m'a dit aussi qu'elle jouait souvent avec vous.

– Normal, fit Slimane, je l'entraînais je vous dis... Mais c'est un fait, elle préférait jouer avec les hommes qu'avec les autres femmes. D'ailleurs, elle avait plus un jeu de mec que de nana. C'était une cogneuse !

Il tendit l'oreille, intrigué, vers la porte du vestiaire qui était restée ouverte, puis se tournant vers Mary :

– Un instant... Vous permettez ?

Il s'en fut s'assurer que tout se passait bien, Mary l'entendit demander à son élève si l'eau était assez chaude, puis il revint.

– Il n'est pas encore tout à fait mort ? demanda-t-elle.

Il sourit :

– Qui ça ? Monsieur Garnier ? Non ! Il va bien !

– Il n'avait pas l'air très frais tout à l'heure !

– Bah, il a vingt kilos de trop, c'est tout ! Ne vous inquiétez pas, c'est comme ça à chaque fois, et puis il récupère.

– Que fait-il ce monsieur Garnier ?

– Il est dans l'immobilier. Vous enquêtez sur lui aussi ?

Ce bon Slimane devenait sarcastique et Mary n'aimait pas ça. Elle le regarda droit dans les yeux :

– A partir du moment où je suis sur une enquête, tout m'intéresse, monsieur Slimane.

Sa voix s'était faite dangereusement douce. Elle se tut en continuant de le fixer, si bien que l'autre, gêné, rompit :

– Un autre café ? demanda-t-il en prenant les tasses vides.

– Non merci.

Slimane se pencha pour passer les tasses sous le robinet, puis il prit un torchon et les essuya soigneusement avant des les ranger. Quand ce fut fait, il se redressa et eut un petit rire gêné :

– En tout cas, Garnier ne jouait pas avec Simone, il ne faisait pas le poids, tennistiquement parlant.

– Tennistiquement parlant, répéta-t-elle songeuse, belle expression. Tennistiquement parlant, il ne faisait pas le poids…

Elle fixa de nouveau Slimane :

– Parce que, autrement, il le fait le poids !

– Et comment, dit Slimane. Il le fait même de trop ! Il essaye bien de perdre sa brioche, mais avec le métier qu'il a, les gueuletons, les réceptions, les cocktails…

– Réceptions, dit-elle, où ses pas doivent croiser ceux du notaire. Je me trompe ?

– Vous savez, fit Slimane, c'est un monde que je ne fréquente pas. Je vois ces messieurs, leurs dames, ou leurs enfants ici, en tant qu'élèves. Pour le reste…

Le plancher grinça sous le pas pesant de monsieur Garnier, promoteur immobilier. Il reparut au bout du bar, costumé, cravaté, lunetté d'écaille, le cheveu encore humide. Tel qu'il était, il faisait penser à Léon Zitrone en son jeune âge.

Il consulta sa montre d'un geste large et dit :

– J'ai encore cinq minutes. Tu me fais un café, Slim ?

Il prit un étui métallique dans sa poche intérieure et en sortit un cigare grand format qu'il alluma avec un briquet en or. Il téta avec délectation quelques bouffées de fumée, puis, avisant Mary, il s'exclama :

– Fais-en donc aussi pour toi et pour la demoiselle.

Et, se fendant d'un sourire avantageux :

– Si vous voulez bien me faire le plaisir d'accepter...

– Eh bien, pourquoi pas? dit-elle. Je vous remercie Monsieur...

– Garnier, dit-il en lui tendant la main, Charles Garnier, de la promotion immobilière Garnier...

Elle serra une main molle et moite :

– Enchantée, monsieur Garnier. Je m'appelle Mary Lester.

Il secoua sa grosse tête d'un air entendu, puis, les lèvres en avant, il téta de nouveau son havane. Slimane poussa le sucrier sur le comptoir de formica. Mary se servit, Garnier refusa en tapotant sur son ventre proéminent :

– Mon régime...

Puis il but une gorgée avec une grimace. Mary qui touillait le sien remarqua :

– Ce n'est pas bon sans sucre, n'est-ce pas?

– Non, avoua-t-il, mais il faudra bien que je m'y fasse! Vous venez pour des cours de tennis?

– Non.

Et, sortant de nouveau son porte-cartes de sa poche, elle annonça :

– Lieutenant Mary Lester.

Garnier Charles toussa dans sa tasse sous le

coup de la surprise, comme s'il avait avalé de travers :

– La police ?

– Eh oui, monsieur Garnier.

– Mais pourquoi ? balbutia-t-il en regardant Slimane d'un air de reproche, un air de dire : « pourquoi ne m'as tu pas averti ? »

Et Slimane levant les yeux au plafond lui fit comprendre qu'il n'en avait pas eu le loisir.

– Mademoiselle… enfin, je veux dire le lieutenant Lester enquête sur la mort de Simone Roch.

– Ah… souffla Garnier soulagé.

Puis, après un temps de réflexion :

– Mais elle est morte noyée ! Et puis, je croyais que l'enquête était close…

– Elle ne l'est plus, dit Mary.

– Y aurait-il des faits nouveaux ? hasarda le promoteur.

– Probablement, puisque je suis là…

Slimane et Garnier se regardaient, perplexes, mais le lieutenant Lester ne semblait pas vouloir éclairer leur lanterne. Alors le gros homme, consultant de nouveau sa montre s'exclama :

– Bon Dieu ! Il est temps que j'y aille !

Il ramassa son sac sur lequel était posée sa raquette, mordit dans son cigare et fila vers la sortie. Arrivé à la porte, il se retourna et jeta, la bouche de travers :

– Tu mets ça sur mon compte, Slim. Au revoir, Mademoiselle.

– Au revoir, monsieur Garnier.

Et, avant que l'autre n'eût fermé la porte, elle cria :

– Hé !

Il se figea, interdit. Alors elle lui fit un grand sourire :

– Et merci pour le café !

Il eut un geste fébrile et disparut.

– Tu parles d'un agité, dit-elle.

Slimane la regardait curieusement, alors elle lui sourit gracieusement :

– Voyez, monsieur Slimane, si on me disait demain que monsieur Charles Garnier a succombé à un infarctus, je n'en serais pas étonnée.

Le moniteur de tennis la regardait, semblant se demander ce qu'elle allait encore sortir. Elle lui sourit de nouveau :

– Et vous ?

– Moi quoi ? fit-il sur la défensive.

– Vous en seriez étonné ?

– De quoi ?

Elle expliqua posément, comme une institutrice tachant de faire comprendre un mot élémentaire à un élève particulièrement bouché :

– Seriez-vous étonné que monsieur Charles Garnier succombe à un infarctus ?

– Je ne sais pas, moi ! Pourquoi voulez-vous…

– Mais je ne veux pas ! Vous avez l'air de dire que je lui souhaite du mal. Il ne m'a rien fait, ce pauvre homme ! Je me pose simplement la question. Et puisque vous ne voulez pas y répondre, je vais le faire : pour user du jargon médical, monsieur Charles Garnier a le profil type du rombier susceptible d'être frappé par un accident cardiaque : trop gros, trop gras, trop de bonne chère, de gros cigares, exercice épisodique et trop violent.

Elle regarda Patrick Slimane :

– J'ai tort ?

– Non, concéda-t-il, mais quel rapport avec Simone Roch ?

– Simone Roch, elle, n'avait pas le profil...

– Et pourtant, c'est elle qui est morte, dit Slimane.

– Eh oui...

Elle resta un instant muette, songeuse, et, fixant de nouveau le moniteur de tennis :

– Moi je trouve ça bizarre ! Pas vous ?

Slimane haussa les épaules :

– Vous avez vu le Russe ?

– Quel Russe ?

– Le patineur, celui qui a été je ne sais combien de fois champion du monde... Il n'y a pas un mois, il est mort subitement. Et pourtant, lui non plus n'avait pas le profil ! Ça arrive ces trucs-là, à des vieux certes, mais aussi à des jeunes, des sportifs...

– Peut-être, dit Mary comme à regret en descendant du tabouret sur lequel elle était assise, peut-être...

Puis, passant du coq à l'âne, exercice dans lequel elle excellait et qui déroutait toujours ses interlocuteurs :

– Vous connaissez maître Roch ?

– Comme ça, dit Slimane. Je l'ai rencontré deux ou trois fois.

– Ce n'est pas un de vos élèves ?

– Non.

– Il ne venait jamais ici ?

– Rarement. Je l'ai vu une fois, la voiture de Simone refusait de démarrer et, comme ils étaient attendus à un dîner, il était venu la chercher.

– Comment est-il ?

Slimane regarda Mary, surpris :

– Vous ne le connaissez pas ?

– Jamais vu.

Dans ses yeux elle lisait : « c'est peut-être par là qu'il aurait fallu commencer au lieu de venir ici me pomper de l'air ! » et, comme elle attendait sa réponse, il dit embarrassé :

– Un grand type d'une soixantaine d'années, avec des cheveux tout blancs, toujours très élégant il circule dans une Jaguar bleu marine, astiquée comme une pièce de collection. Je crois qu'il fait du bateau et on le dit très riche.

– C'est tout ?

– Ben oui.

– Vous ne lui avez jamais parlé ?

– Jamais.

– Même quand sa femme est morte ?

– Si vous appelez parler dire « sincères condoléances » à la sortie d'un cimetière en serrant une main…

– Il n'a pas cherché à vous voir après ?

– Non.

Et, après un moment de réflexion, Slimane ajouta :

– Pourquoi serait-il venu ici quand sa femme n'y était plus, alors que quand elle y était, il n'y mettait jamais les pieds ?

Et comme Mary ne répondait pas, il précisa :

– Il y a un inspecteur qui est venu, un nommé Boer ou Moer…

– Maüer, dit Mary, un grand maigre.

– C'est ça. Je lui ai dit ce que je savais.

– C'est-à-dire pas grand-chose, fit-elle en jouant avec ses clés.

Elle regarda le moniteur de tennis dans les yeux :

– Je vous remercie, monsieur Slimane.

Figé derrière son comptoir, le torchon à la main, Slimane la regarda s'éloigner avec, au creux de la gorge, comme une boule, une sorte d'impression désagréable.

Quand la petite Austin noire eut disparu, il roula son torchon en boule et le jeta avec humeur dans l'évier.

CHAPITRE IV

Maître Léonard Roch était exactement tel que Patrick Slimane l'avait décrit : ce que les femmes mûres appellent un bel homme et les adolescentes un vieux beau.

De haute taille, avec un soupçon d'embonpoint, il portait fièrement une tête hâlée couverte de cheveux blancs soigneusement peignés, avec une raie bien faite sur le côté gauche.

Sur le plancher ciré du bureau d'accueil, ses Weston fauves brillaient comme deux soleils. Les plis de son pantalon gris étaient aussi rectilignes que le jour où il l'avait acheté et on ne voyait pas l'ombre d'une poussière sur le col de son blazer marine au revers duquel se détachait, discret mais terriblement présent, un point rouge. Maître Roch était officier de la Légion d'honneur.

Sur une chemise immaculée, le notaire portait une cravate club retenue par une épingle en or. Il s'exprimait avec distinction, d'une voix feutrée, avec une sorte de chuintement au bout de ses mots.

Quand la secrétaire lui avait annoncé qu'une dame de la police le demandait, il avait immédiatement surgi de derrière la porte capitonnée qui donnait accès à son bureau. Et, comme la jeune femme faisait mine de se rasseoir derrière sa machine à écrire, il l'avait remerciée d'un geste de main vaguement méprisant, comme on fait pour écarter une mouche importune d'une tartine de confiture.

– Pardonnez-moi de ne pas pouvoir vous recevoir immédiatement, mais je suis en rendez-vous.

Il s'exprimait à mi-voix, comme s'il était dans un confessionnal ou dans un endroit sacré. On sentait, d'ailleurs, dans toute cette vieille demeure où les tabellions avaient dû se succéder depuis la nuit des temps, une senteur de presbytère faite de l'odeur si particulière des vieux papiers, des vieux secrets, et de toutes ces choses qu'il est souvent préférable de laisser dans l'ombre.

Gagnée par cette ambiance, Mary se surprit à lui répondre sur le même ton :

– Je suis passée à tout hasard... J'aurais dû prendre rendez-vous...

Le notaire se penchait sur l'agenda de sa secrétaire et se redressait, contrarié :

– Cette après-midi ce ne sera pas possible. A dix-sept heures je reçois l'adjoint au maire pour une affaire d'expropriation... Voulez-vous à dix-neuf heures ?

– Très bien dit Mary. Ici ?

– Non, chez moi si vous le voulez bien. Ceci concerne ma vie privée, il n'est pas bon de mélanger les genres.

– Comme il vous plaira, dit Mary qui ne voyait pas en quoi il était gênant d'évoquer la disparition de madame Roch dans l'étude du notaire.

Il lui tendit une carte de visite :

– Tenez, ce n'est pas loin… à Paramé, vous trouverez facilement. Il est parfois difficile de se garer dans la rue, mais vous pouvez entrer dans la cour.

Il la prit par le coude d'un geste plein d'onction et, courtoisement, la reconduisit vers la sortie :

– A tout à l'heure, Madame.

Il chuintait plus que jamais mezza-vocce, comme s'il était en train d'évoquer de sombres secrets de famille.

Mary, qui avait trois heures à tuer avant son rendez-vous, retourna au commissariat. Le planton lui apprit que le lieutenant Maüer était dans son bureau au second étage.

Quand elle entra, il parlait au téléphone. Elle esquissa un geste d'excuse et fit mine de se retirer, mais il lui fit signe de rester, qu'il n'en avait plus pour très longtemps.

De fait, après une formule de politesse, il raccrocha.

– Alors, cette première journée à Saint-Malo ?

– Belle ville, dit Mary, très belle ville !

– Et votre hôtel ?

Il avait hésité entre le tu et le vous. Mary le mit à l'aise :

– Je croyais qu'il était d'usage de se tutoyer entre collègues.

– Entre collègues ordinaires, oui, dit Maüer, mais quand on a affaire à une célébrité…

Elle haussa les épaules en riant :

– Célébrité ! N'en fais pas trop, Maüer !

Elle se pencha vers lui :

– A propos, comment le patron prend-t-il ma venue ?

– Je ne sais pas, dit Maüer, je crois qu'il est impressionné.

– Impressionné ! Tu ne crois pas que tu exagères ?

– Non.

Maüer hésita et ajouta :

– Impressionné, mais, comment dire, sur la réserve.

Il parut chercher le mot qui convenait le mieux, et il finit par le trouver :

– Perplexe, voilà, il est perplexe !

Mary ne dit rien, ce n'était pas la première fois qu'elle ressentait cette perplexité des patrons à son endroit. Ça avait commencé à Lanester* avec Amédéo qui l'avait traitée avec une condescendance hautaine avant de rendre les armes. Ensuite, on s'était méfié d'elle. Maintenant, on était perplexe. Le mot lui parut juste. Maüer poursuivit :

– Il faut quand même que je t'avertisse pour que tu ne te fasses pas remonter les bretelles : Rocca n'aime pas du tout qu'on l'appelle « patron », il trouve que ça fait vulgaire.

– Ah, fit-elle surprise, comment faut-il dire ?

– « Monsieur le commissaire » ! Il cultive le genre chic et est très à cheval sur les principes. Il te donnera du lieutenant, mais il te faudra l'appeler « monsieur le commissaire ! »

– S'il n'y a que ça pour lui faire plaisir, dit Mary. Quant à moi, je n'ai pas l'impression de l'avoir impressionné tant que ça. Tu es sûr que tu

* voir *Les bruines de Lanester*

n'exagères pas un peu ?

– Que non, dit Maüer, pour la première fois depuis que je le connais, il m'a appelé « mon petit vieux ». Ça, c'est l'indice d'un grand trouble !

Mary avait tiré à elle une chaise et s'était assise devant le bureau de Maüer.

– Dis-moi, Maüer, il y a beaucoup de boulot ici ?

– Bien assez, dit Maüer. Mais rien de sensationnel. De la petite délinquance comme partout. La routine, quoi…

– Au cours de l'année passée, il n'y a pas eu d'affaires sortant de l'ordinaire ?

Maüer réfléchit et dit :

– Si, une affaire de mœurs assez sordide où étaient impliqués des enfants.

– Prostitution ?

Le lieutenant fit la moue :

– On ne l'a jamais trop su. En revanche, ce dont on est certain, c'est qu'il y a eu un trafic de cassettes pornos. Un salopard appâtait des gosses et leur faisait tourner des scènes dites « érotiques ». Ensuite il revendait les cassettes à des maniaques.

– Le réseau a été démantelé ?

– Ouais. Et une centaine de cassettes saisies.

– Tu t'es occupé de l'affaire ?

– Non ! Il y a deux types qui sont descendus de Rennes. Des spécialistes !

Il eut un petit rire dans lequel elle décela de l'amertume :

– Le lieutenant Maüer est juste bon à préparer les manifestations sportives et à enregistrer les vols d'autoradios !

– J'ai connu ça à mes débuts, dit Mary, à Lanester. Des mémés qui venaient se plaindre qu'on leur avait cassé leurs carreaux à coups de lance-pierres ou qu'on leur avait volé le plus beau lapin de leur clapier.

Elle sourit à Maüer :

– Je commençais à déprimer et puis, au milieu d'une de ces affaires banales, j'ai trouvé quelque chose qui m'a paru bizarre. J'ai tiré sur la ficelle et je suis tombée sur le gros truc…

Maüer soupira, l'air de dire : « ce n'est pas à moi que ça arriverait ! »

– Pour en revenir à Simone Roch, dit Mary, je voulais te demander : y a-t-il souvent des gens qui se noient par ici ?

Maüer la regardait, surprise :

– Je ne sais pas, moi. Comme ailleurs, je suppose. Des baigneurs imprudents en été…

– Ce n'est pas ce que je voulais dire, fit-elle. Et, sans préciser sa pensée, elle ajouta : et des gens qui disparaissent ?

Maüer fronça les sourcils, par moments il avait du mal à suivre :

– Qui disparaissent comment ?

– Eh bien, qui un beau jour ne reparaissent plus à leur domicile, qu'on ne revoit plus, qui ne donnent jamais plus de leurs nouvelles.

Maüer écarquillait les yeux.

– Tiens, ajouta-t-elle, Simone Roch par exemple, si on n'avait pas retrouvé et formellement identifié son corps… Ça aurait pu arriver…

– Bien sûr, dit Maüer, la mer ne rend pas toujours ses prises.

– Eh bien, qu'en aurais-tu conclu ?

– Ce que j'en aurais conclu ?

De la manière dont le lieutenant posait la question, il était évident que jamais, au grand jamais, il n'avait envisagé l'affaire sous cet angle.

– Eh bien, dit Mary, tu en aurais conclu, le commissaire en aurait conclu, les journalistes et tout le monde en aurait conclu que cette jeune et jolie femme avait rencontré l'amour de sa vie. Un type de son âge auprès duquel son barbon, quelles que soient son élégance et sa fortune, ne faisait pas le poids. D'ailleurs, je suis sûre que pendant la dizaine de jours qu'il y a eu entre sa disparition et la découverte de son cadavre, vous ne vous êtes pas trop inquiétés. Vous avez pensé à une fugue…

– C'est vrai, dit Maüer.

– Je suppose même que les rumeurs les plus malveillantes ont circulé, que l'on s'est moqué de maître Roch… Dame, un notable fortuné qui s'offre une jeunesse ayant l'âge d'être sa fille et qui se fait plaquer, ça prête à sourire. Le bon peuple voit là une justice immanente, la preuve qu'on ne peut pas tout acheter…

– Seulement, on a retrouvé le corps, dit Maüer, maître Roch ne s'est pas fait plaquer, comme tu dis.

– D'accord ! Mais revenons à la question initiale : combien de disparitions au cours de cette année dans la région de Saint-Malo ?

– Il faudrait que je fasse des recherches, dit Maüer, je ne peux pas te donner ces renseignements comme ça, de but en blanc.

Mary se leva :

– Certes… Mais si tu avais ça pour… Disons demain matin, ça m'arrangerait bien.

Maüer décontenancé la regardait :

– Qu'est-ce qui t'intéresse ? Les femmes ? Les hommes ? Les jeunes seulement ?

– Tout m'intéresse. Je veux la liste de toutes les disparitions signalées, hommes ou femmes, jeunes ou vieux.

Maüer baissa la tête et soupira :

– O.K., je te prépare ça…

Il l'avait dit d'un ton réticent, manière de lui faire comprendre que, dans l'enquête sur la mort de Simone Roch, ça ne la mènerait pas loin.

Mais Mary était déjà sortie. En dévalant l'escalier elle pensa que ce pauvre Maüer, s'il ne faisait pas preuve de plus d'imagination, était assurément, pour les vingt ans à venir, voué aux vols d'autoradios, aux casses à la petite semaine et à l'organisation des manifestations sportives urbaines.

Et, en montant dans sa voiture, elle se dit qu'il n'y avait pas de déshonneur à ça, il fallait bien que quelqu'un s'en occupe !

*

Réunies administrativement depuis 1967, les trois communes de Saint-Malo, Saint-Servan et Paramé ne forment plus qu'une seule grande agglomération et bien malin qui pourrait dire quand on passe de l'une à l'autre tant leurs quartiers sont imbriqués. Cependant leurs habitants revendiquent avec force leur identité : Paraméens,

Servannais ou Malouins, ces derniers poussant même le souci du détail jusqu'à distinguer ceux qui vivent « intra-muros » des autres, le « vrai » Malouin étant bien entendu celui qui réside derrière les fortifications.

Maître Roch habitait Paramé. De sa maison cernée de hauts murs de pierre, on pouvait, par gros temps, entendre la mer se briser sur la pointe de Rochebonne.

Quand elle passa entre les deux piliers de granit ouvragé qui supportaient une grille en fer forgé, elle eut l'impression de pénétrer dans une gentilhommière du XVIIIe siècle. La Jaguar du notaire était garée devant l'entrée, resplendissante sur le gravier blanc de l'allée.

La bâtisse comportait un corps central de deux étages, avec une mansarde dans le toit. Elle était flanquée de deux ailes basses ouvertes chacune d'une fenêtre à petits carreaux.

L'ensemble de la façade était couvert d'une vigne vierge dont les dernières feuilles rougissantes frémissaient au vent venant de la mer.

Tout était net, impeccable. Le gravier de l'allée avait été ratissé depuis peu, et les feuilles mortes soigneusement ramassées.

En entendant un bruit de moteur, le notaire avait ouvert la porte-fenêtre qui donnait sur un perron dallé de granit taillé comme un sol d'église. On y accédait par trois marches de pierres dont la mousse était soigneusement entretenue sur les endroits verticaux, là où le pied ne se posait pas.

Maître Roch se tenait droit et majestueux sous le linteau de la porte dans lequel était gravé un blason. Tel quel, il faisait très père noble, très armateur accueillant ses capitaines au retour d'une lointaine et fructueuse expédition. Il ne lui manquait que les hauts-de-chausses et un pourpoint approprié pour que l'illusion fût complète.

Il s'effaça pour laisser entrer Mary dans une vaste pièce qui devait faire office de salon salle à manger. En effet, devant une énorme cheminée de pierre, il y avait une non moins énorme table de bois massif propre à accueillir au moins une vingtaine de convives. Le parquet était de chêne ciré et, devant la table, s'alignaient des chaises de palissandre ou d'acajou, elle n'avait pas été fichue de faire la différence, couvertes de cuir de Russie. Les murs étaient entièrement lambrissés de bois sombre et le plafond blanc décoré de peintures évoquant naïvement des scènes de la vie des îles, telles qu'on les représentait au XVIIIe siècle.

Dans un coin, un somptueux escalier dont la rampe ouvragée se terminait en gueule de lion rugissant menait aux étages.

Epatée, Mary ouvrait de grands yeux. Quelle somptueuse demeure !

Maître Roch devait être habitué à l'effet que faisait son logis sur les visiteurs non avertis. Mary se retourna vers lui avec une moue admirative et le notaire lui sourit, d'un petit sourire triste :

– Ça vous plaît ?

Elle hocha la tête :

– C'est vraiment superbe ! Est-ce là ce qu'on appelle une malouinière ?

– Pas vraiment, dit le notaire. Ce serait plutôt l'ancêtre de la malouinière, ce qu'on appelait à l'époque « un vide-bouteilles ».

Il montra à Mary le coin salon :

– Mais venez donc vous asseoir.

Elle se posa dans un lourd fauteuil de cuir noir et le notaire s'assit en face d'elle.

– A la grande époque de Saint-Malo, dit-il, les armateurs habitaient tous derrière les remparts avec leurs familles. La plupart d'entre eux avaient, avant d'être devenus de riches notables, été de hardis marins. Le goût de la fête ne les avait pas quittés quand, devenus colossalement riches, ils menèrent une existence plus bourgeoise. C'est à ces fins qu'ils firent construire, en dehors des murs, ces maisons de plaisir où ils pouvaient à loisir s'offrir entre hommes, une ribote en compagnie de filles aux mœurs légères. C'est ce qu'on appelle « un vide-bouteilles ». Plus tard, ils voulurent de plus grandes maisons, pour accueillir toute leur famille. Ce furent « les malouinières ».

Mary promenait son regard admiratif sur les sols, les planchers et les plafonds.

– Belle garçonnière, fit-elle. Vous avez des boiseries magnifiques.

– Les compagnons qui les ont façonnées, dit le notaire, étaient pour la plupart des charpentiers de marine, des maîtres de hache, comme on disait alors, qui travaillaient sur les chantiers de construction de bateaux.

Elle nota qu'il avait employé, en parlant des ouvriers, le vieux terme autrefois en usage dans les corporations pour désigner ces aristocrates du travail manuel qu'étaient les « compagnons finis », ouvriers ayant terminé leur tour de France et produit le « chef-d'œuvre » attestant de leur maîtrise du métier.

Maître Roch montrait la gueule de lion ouvragée :

– Cette sculpture a été faite par un maître sculpteur qui taillait les figures de proue des navires. Et si vous voyiez la charpente de la maison, on dirait vraiment une coque de bateau renversée.

– Extraordinaire, dit Mary. Puis, se tournant vers le notaire : pour en revenir à ce qui m'amène…

Le front du notaire s'était assombri.

– Qu'est-ce qui vous a poussé à demander un supplément d'enquête ?

Maître Roch se redressa dans son fauteuil et inspira longuement :

– Je ne crois pas aux conclusions de la police…

Et, après un silence, il regarda Mary dans les yeux :

– Ma femme n'est pas morte comme on l'a dit.

– Pourtant le médecin légiste…

Le notaire balaya l'objection de la main. Mary lui avait déjà vu ce geste quand il avait congédié sa secrétaire.

– Je sais, dit-il, j'ai eu connaissance du dossier.

Le commissaire Rocca, celui-là même qui appelait la victime par son prénom, n'avait probablement rien caché au notaire. Ils devaient avoir les mêmes fréquentations et, qui sait, Rocca avait peut-être fait des sorties en mer sur le bateau de maître Roch.

– Crise cardiaque hein, fit-il avec un petit rire

douloureux. Si vous l'aviez connue…

Il se retourna et, avec sa pochette, s'essuya les yeux.

– Elle faisait son jogging trois fois par semaine, dit le notaire, elle jouait au tennis, nageait comme un poisson, faisait de la planche à voile. Simone n'était jamais fatiguée, elle ne s'était jamais plainte de rien et elle avait trente-quatre ans…

» Croyez-vous qu'on puisse mourir comme ça, tout d'un coup, à trente-quatre ans ?

Mary ne répondit pas. Ses propres réflexions rejoignaient celles du notaire. Cependant, le rapport d'autopsie était là…

– Maître Roch, dit-elle, votre femme avait trente-quatre ans et vous…

– Et moi j'en ai cinquante-neuf ! fit le notaire avec véhémence. Eh oui, elle avait l'âge d'être ma fille ! Me l'a-t-on assez reproché ! Mais je vais vous dire, Mademoiselle, à vous qui avez aussi l'âge d'être ma fille : je l'aimais !

– Et elle ? demanda Mary.

– Elle quoi ?

De véhément, maître Roch devenait agressif.

– Vous aimait-elle de la même façon ?

De nouveau le notaire se rencogna dans son siège, rejetant sa noble tête en arrière :

– Bien sûr, qu'elle m'aimait. Sinon, m'aurait-elle épousé ?

Elle n'osa pas lui dire que ce n'était pas une preuve, mais elle promena son regard sur la lourde armoire de chêne ouvragé qui devait contenir des porcelaines de Chine et de l'argenterie de famille, sur les portraits d'ancêtres pendus aux murs. Elle revit la Jaguar étincelante sur le gravier blanc de la cour.

Simone Roch aurait-elle épousé un ouvrier sexagénaire habitant un trois pièces HLM ?

Le masque douloureux, le notaire paraissait perdu dans ses pensées. Puis il revint sur terre et proposa à Mary :

– Voulez-vous prendre quelque chose ? Thé, café, apéritif ?

– Je prendrais volontiers un thé, dit-elle.

Le notaire saisit une clochette d'argent qui était posée au centre de la table basse et l'agita. Aussitôt une porte s'ouvrit près de la cheminée et une femme d'une cinquantaine d'années, au visage grave apparut. Elle était tout de noir vêtue, avec un tablier blanc, l'image même du sérieux.

– Monsieur a sonné ?

– Oui... Apportez-nous du thé, Bernadette, et pour moi un whisky sur glace.

– Bien Monsieur, fit la femme en s'inclinant légèrement.

Elle disparut aussi silencieusement qu'elle était entrée.

Mary regarda la porte se refermer, puis elle demanda :

– Vous n'avez rien remarqué d'anormal dans les semaines qui ont précédé la disparition de votre femme ?

Maître Roch réfléchit, les yeux dans le vague :

– Non... Vous devez bien vous douter que je me suis posé la question et que la question m'a été posée. Eh bien non. J'ai eu le temps de réfléchir, de ressasser les événements qui ont précédé cette maudite journée du 4 mars.

Il fit tourner son doigt près de sa tête, comme pour figurer une bobine de film en train de se dévider.

– J'ai passé et repassé tous les événements ayant précédé cette disparition dans ma tête, nuit et jour. Je n'ai rien trouvé qui m'ait semblé bizarre ou simplement anormal.

– Monsieur Roch, dit Mary en le fixant droit dans les yeux, votre femme avait-elle un amant ?

Le notaire eut une crispation douloureuse du visage, comme si la question lui avait causé une douleur physique. Puis cette crispation disparut, et il répondit nettement, en la fixant à son tour :

– Non.

Puis, après un silence, il ajouta :

– Je dois vous paraître bien catégorique, pour ne pas dire présomptueux. Vous évoquez une situation que le mari est le plus souvent le dernier à connaître…

Et, comme Mary, gênée d'avoir dû poser cette question s'apprêtait à s'excuser, il la coupa :

– Ne vous excusez pas ! C'est la question qui vient tout naturellement à l'esprit quand un homme de mon âge épouse une jeune femme…

A ce moment on toqua à la porte et, avant que le notaire n'ait dit un mot, Bernadette entra, portant un plateau qu'elle déposa sur la table basse. Puis elle se retira aussi discrètement qu'elle était entrée.

Maître Roch se pencha pour faire le service. Il y avait une belle théière de porcelaine, une tasse, sa soucoupe et deux petits pots appartenant au même service; des porcelaines de la Compagnie des Indes. Des collectionneurs eussent donné des fortunes pour les exposer dans leurs vitrines. Chez maître Roch, elles avaient conservé leur destination première.

– Pas trop fort le thé?

De ses belles mains blanches aux ongles soigneusement manucurés, le notaire fit le service.

– Un sucre?

– Pas de sucre, merci. En revanche, une rondelle de citron…

Il lui tendit la soucoupe sur laquelle Bernadette avait déposé trois tranches de citron.

– Vous prenez votre thé comme Simone, dit-il, sans sucre, avec du citron…

Il prit son verre et le leva :

– A votre santé!

Il sembla à Mary qu'il chuintait moins qu'en son étude. Il but une gorgée de whisky et dit, en regardant devant lui :

– J'ai fait la connaissance de Simone aux sports d'hiver. Depuis le décès de ma femme, je m'étais étourdi dans les affaires, sans prendre la moindre semaine de vacances. Des amis m'avaient décidé à les accompagner aux Arcs. Je n'avais jamais fait de ski, Simone fut ma première monitrice. Elle traversait, à cette époque, une période difficile. Elle vivait avec un montagnard assez fruste qui s'était mis à boire et qui, parfois, devenait violent. Un soir, nous avons échangé des confidences et je l'ai invitée à venir à Saint-Malo se changer les idées. Je vous passe les détails, elle y est venue et elle y est restée.

– Et le montagnard violent ? demanda Mary.

– Je vous vois venir, dit le notaire avec un mince sourire. Fausse piste, ma chère… Trois mois plus tard, au cours d'une ascension, il a dévissé et fait une chute de trois cents mètres…

– Votre femme n'avait donc pas d'ennemis.

– Pas que je sache.

– Vous avez des enfants, maître ?

– Oui, deux filles. Mariées toutes les deux.

– Où vivent-elles ?

– L'une en région parisienne, son mari est maître des requêtes au Conseil d'Etat, l'autre à Toulon. Elle a épousé un midship qui est devenu vice-amiral.

Mary but une gorgée de thé. Il était excellent.

– Comment vos filles ont-elles réagi quand vous leur avez annoncé votre remariage ?

– Bien. Je peux même dire qu'elles en ont été très heureuses. Simone leur a beaucoup plu. Si elles n'avaient habité si loin, je pense qu'elles auraient été bonnes amies.

– Comment se passait la vie quotidienne dans cette maison avant…

– Avant le décès de Simone ? Oh, très simplement. Nous avons deux employés : Bernadette que vous venez de voir, qui est cuisinière et pour ainsi dire intendante de la maison, et son mari, Louis Le Gall, jardinier et homme de confiance. Il était maître mécanicien dans la Royale et il sait tout faire de ses mains.

A nouveau Mary remarqua que le notaire, homme de tradition, ne parlait pas de la marine nationale, mais de la « Royale », terme qui avait officiellement disparu depuis deux siècles.

– Sont-ils depuis longtemps à votre service ?

– La mère de madame Le Gall servait déjà ma grand-mère.

– Dans cette maison ?

Le notaire hocha la tête :

– Dans cette maison. Je suis un descendant de l'armateur Louvel qui fit bâtir ce « vide bouteilles » en 1765.

– De sorte que, dit Mary en montrant la galerie de portraits, tous ces gentlemen sont vos ancêtres.

– En effet, dit le notaire. Bernadette est entrée à mon service au décès de sa mère et j'ai engagé son mari lorsqu'il a eu fini ses vingt-cinq ans de marine. Pour revenir à la vie quotidienne, comme vous avez pu vous en rendre compte, j'ai mes activités professionnelles, et, je ne sais si on vous l'a dit, j'ai également des responsabilités de niveau national à la caisse des notaires. Par ailleurs, je suis aussi suppléant du député.

– Vous avez donc de quoi vous occuper ! Et votre femme pendant ce temps-là ?

– Elle s'occupait aussi, elle faisait beaucoup de sport, elle voyait nos amis, organisait des soirées. Contrairement à ce que l'on peut imaginer, je ne suis pas très mondain. Cependant j'aimais bien recevoir des amis, et aussi aller chez eux. Simone s'occupait de tout cela. Elle me communiquait notre emploi du temps et je m'y soumettais, toujours avec plaisir.

– Elle n'avait aucune activité professionnelle auprès de vous ?

– Aucune. Nous prenions notre petit déjeuner ensemble, parfois notre repas de midi quand je n'étais pas en rendez-vous et je m'efforçais de dîner à la maison tous les soirs. En hiver, comme je vous l'ai dit, nous recevions ou nous étions reçus chez des amis pendant les week-ends, et l'été nous faisions du bateau. Jersey, Guernesey, parfois même jusqu'en Angleterre ou en Irlande.

Mary finit son thé et reposa avec circonspection la belle tasse sur sa soucoupe.

– Un mot encore, maître Roch, votre femme avait-elle de la famille ?

– Non, elle n'a jamais connu son père, et sa mère est morte quand elle avait dix-huit ans.

– D'où était-elle originaire ?

– Elle était née à Grenoble, d'où, peut-être, son attrait pour la montagne. J'ajoute que, bien qu'ayant vécu avec son alpiniste pendant quelques années, quand je l'ai connue, elle n'avait jamais été mariée et n'avait pas d'enfants.

Mary se leva :

– Je vous remercie, maître, pour votre collaboration.

Le notaire se leva à son tour :

– Que pensez-vous de tout ça ?

Mary eut une moue :

– Honnêtement, il n'y a pas grand-chose pour aller à l'encontre des conclusions de l'enquête. Si votre femme n'avait pas de liaison, pas d'ennemis... Vous paraissez avoir une vie bien rangée...

Elle le regarda :

– Ça ne va pas nous mener loin !

Quand le notaire ouvrit la porte-fenêtre, on entendit le bruit de la mer, puis le vent dans les grands arbres du parc. Ils firent quelques pas sur l'allée de graviers blancs et Mary se retourna vers la belle maison illuminée par ses fenêtres toutes éclairées.

– Où sont vos appartements ?

– Dans le corps principal, nous occupons le premier étage et les combles mansardés. Louis et Bernadette logent dans la partie gauche, la partie droite abrite la cuisine, la buanderie, la chaufferie et, par derrière, il y a les garages.

La Jaguar avait disparu. Sans doute, l'homme « toutes mains » l'avait-il remisée.

– Vous avez conservé la voiture de votre femme ? demanda Mary.

– Oui, dit le notaire. Souhaitez-vous la voir ?

– S'il vous plaît…

Ils marchèrent vers le fond du jardin en faisant, sous leurs semelles, crisser les petits cailloux blancs. Contre le haut mur de clôture s'adossait une construction basse, couverte de vigne vierge, aux larges portes peintes en vert. Quand la végétation était en feuilles, ces garages devaient se confondre avec la verdure environnante. Lorsqu'ils s'en approchèrent, les portes s'ouvrirent comme par enchantement, basculèrent vers le haut dans un grondement sourd de mécanique bien huilée et parurent happées par le plafond. Dans le même temps, comme par magie, la lumière s'alluma.

– Il y a une télécommande dans la cuisine, expliqua le notaire. Louis a dû nous voir approcher…

Mary se retourna vers la fenêtre de la cuisine où

une silhouette se découpait en ombre chinoise. Décidément, ce Louis paraissait bien attentionné ; comme sa femme d'ailleurs, le notaire n'avait pas eu besoin d'agiter deux fois sa sonnette pour la faire apparaître.

Le garage contenait trois voitures, la Jaguar que Mary avait déjà vue, une Golf blanche décapotable et une Renault 25 gris métallisé avec un crochet de remorque. Elles luisaient sous les rampes électriques, aussi impeccables que si elles avaient été dans la vitrine de leur concessionnaire.

– La R 25 est mon ancienne voiture, expliqua le notaire. Je l'ai donnée à Louis, il s'en sert à titre personnel et pour faire les courses de la maison.

Le sol du garage était en ciment peint en ocre, de cette couleur qu'ont les œuvres vives des bateaux de pêche. Contre un mur, il y avait un établi et, sur une panoplie, des clés et des outils de mécanicien étaient suspendus, soigneusement rangés par ordre de taille.

Sous une housse caoutchoutée, on devinait la silhouette du petit tracteur qui servait à tondre la pelouse. Elle supposa que l'engin avait été soigneusement nettoyé avant d'être remisé car, sur le sol, il n'y avait pas le moindre brin d'herbe, pas la moindre feuille morte.

L'air sentait vaguement l'essence, l'huile, la peinture, l'herbe fanée. Suspendus aux plafonds, des avirons, des tangons de bois verni, des bouts soigneusement lovés indiquaient qu'on se trouvait dans la maison d'un navigateur.

Le notaire attendait, silencieux près de la porte. Mary fit quelques pas dans le garage et s'approcha de la Golf. C'était un modèle de luxe, décapotable, avec des sièges garnis de cuir noir. Elle ouvrit la porte, regarda à l'intérieur, épatée : pas un brin de poussière, des tapis impeccablement battus… Elle eut une pensée coupable pour son Austin aux bas de caisse marqués par la boue, aux tapis souvent négligés où traînaient des papiers de bonbons tombés du cendrier.

Il régnait dans l'habitacle du cabriolet une odeur de parfum coûteux, de cuir, les sièges probablement, mêlé d'une vague senteur de tabac blond, trop ténue pour être dérangeante.

Elle ouvrit le cendrier qui lui parut n'avoir jamais servi. Le vide-poches ne contenait qu'une carte routière de la région et quelques cassettes : Chopin, Mozart, Brel, Belafonte… Un choix qu'elle n'aurait pas récusé. Le compteur indiquait vingt-huit mille et quelques kilomètres.

La carte paraissait neuve. Mary la déploya pour voir si elle comportait quelque annotation. Rien. Elle la replia, la rangea et tourna le bouton du poste. Rien non plus, pas de son. Le notaire, qui l'avait regardée en réprimant sa curiosité derrière une impassibilité de façade, expliqua :

– Louis a dû débrancher la batterie.

Mary hocha la tête.

– Voulez-vous que je lui demande de la rebrancher ?

– Non, ce n'est pas la peine…

Savoir quelle station de radio la victime écoutait lui aurait-il été utile ? Vraisemblablement non. De toutes façons, ce type de poste programmable par touches perdait toute sa mémoire dès qu'il n'était plus alimenté.

Elle sortit du garage. Le notaire attendait près de la porte, toujours silencieux. Mary vit deux grosses larmes couler sur ses joues.

– Pourquoi avez-vous conservé sa voiture ?

Il haussa les épaules, risqua un pauvre sourire :

– Je ne sais pas…

Puis il tourna la tête :

– Ainsi j'ai l'impression qu'elle n'est pas partie définitivement, qu'elle va revenir…

A nouveau il sourit tristement :

– C'est puéril, n'est-ce pas ?

Elle songea que bien peu de gens devaient avoir vu maître Roch tel qu'elle le voyait ce soir.

Ils regagnèrent silencieusement la voiture de Mary, et ce fut elle qui rompit le silence :

– Dites-moi, maître Roch, le jour de sa disparition votre épouse était bien sortie à pied ?

– Oui, répondit le notaire, sa voiture était là où vous l'avez vue. Personne n'y a touché depuis.

– Elle était partie courir, je crois.

– Oui. Elle était très sportive et presque tous les matins, elle courait une dizaine de kilomètres. Nous ne sommes pas très loin de la mer. Simone sortait en survêtement et gagnait la plage, de là elle courait jusqu'à Saint-Malo et elle revenait par le Sillon.

» D'ailleurs, les gens étaient habitués à la voir passer.

– Quel temps faisait-il ce jour-là ?

– Beau, dit le notaire, très beau. Avec, comme il arrive souvent en pareil cas, un brouillard épais tôt le matin. Je m'en souviens, j'avais dû me rendre à Rennes, chez un confrère pour débrouiller une affaire de succession singulièrement emmêlée. J'ai dû rouler à trente à l'heure jusqu'à Saint-Pierre-de-Plesguen. Ensuite, ça s'est levé. Le soir, quand je suis rentré, Bernadette m'a fait part de son inquiétude : Simone n'était pas rentrée de son jogging, elle n'avait pas déjeuné à la maison…

– Ça lui arrivait souvent de prendre ses repas à l'extérieur ?

– Bien sûr. Quand je ne rentrais pas, elle déjeunait parfois au tennis club ; ou, si elle avait prévu une sortie en mer, elle emportait des sandwichs. Cependant elle prévenait toujours Bernadette de ses intentions.

– Qu'avez-vous fait alors ?

– J'ai appelé le commissaire Rocca. Je le connais bien…

Mary eut ainsi confirmation de ce qu'elle avait supposé. Rocca était un familier des lieux. Sa façon de parler de la victime en l'appelant Simone ne trompait pas.

– Il a ordonné des recherches ?

– Immédiatement.

– Et ça n'a rien donné ?

– Rien…

Elle tendit la main au notaire. Il ne s'était pas essuyé le visage et deux traces brillantes luisaient sur ses joues, là où ses larmes avaient coulé. Elle sentit combien sa peine était profonde, combien, en cette soirée où il avait dû évoquer la morte avec précision, il ressentait la perte irréparable qu'il venait de subir. Néanmoins, il faisait face avec courage, en digne descendant de ces corsaires dont les portraits ornaient les murs de la grande salle lambrissée par les charpentiers de marine.

Quand Mary monta dans sa voiture, le notaire pencha sa haute silhouette vers la vitre ouverte :

– Je suis très pris par mes affaires, Mademoiselle, mais, si vous souhaitez revenir dans cette maison, n'hésitez pas. Je vais donner des instructions pour qu'on vous ouvre toutes les portes.

Mary le remercia d'un signe de tête silencieux.

Contre le pilastre de granit cannelé, une ombre attendait, silencieuse et immobile. Quand la petite Austin déboucha sur la rue, Louis, le factotum modèle, repoussa les épaisses portes de fer.

Le dernier bruit que Mary emporta du « vide-bouteilles » fut le gémissement des lourds vantaux de métal sur leurs gonds scellés dans la pierre.

*

Mary Lester adorait les crêpes. A Saint-Malo, elle était servie et elle se promit, si elle avait le temps, d'explorer toutes les crêperies, les unes après les autres, et d'établir, à la manière d'un guide gastronomique, un guide selon l'ordre de ses préférences.

Pour son bonheur, la saison estivale et sa cohue étaient passées depuis longtemps et les crêpières avaient le temps de s'appliquer à leur tâche et de soigner le client qui se faisait rare.

Ayant bien compris que la ville en ses vieux murs n'avait pas été conçue pour recevoir la circulation de cette fin de XXe siècle, elle s'était garée dans un parking extérieur, non loin des remparts.

De là, elle pouvait regagner son hôtel à pied. Le temps était redevenu beau, ou plutôt, il ne pleuvait plus. Le vent continuait de souffler en rafales et les drapeaux de la porte Saint-Vincent claquaient joyeusement en faisant vibrer leur hampe.

Quand elle eut quitté, rassasiée, la crêperie où elle s'était régalée, elle entreprit de rejoindre son hôtel.

Une cloche fit entendre sa voix de bronze. Mary compta les coups qui tombaient du clocher. Vingt et une heures; les rues de la vieille cité étaient désertes. Derrière les volets clos, on apercevait les lueurs blafardes de la télévision. Le vent hurlait au détour des venelles, faisant voler des sacs de plastique vides et trembler les lanternes de l'éclairage public.

Elle trouva soudain que les rues si pittoresques en plein jour devenaient sinistres avec cet éclairage tremblotant, ces plaintes du vent, ces grincements de fer rouillé et, surtout, cette solitude absolue. Pour un peu elle se serait crue dans une de ces cités mortes, après le passage de la peste ou du choléra.

A l'entrée de la rue de Pélicot, elle crut entendre un curieux bruit : Bang… Bang… Bang… Elle s'arrêta, attentive. Le bruit s'arrêta aussitôt. Pourquoi fallut-il qu'elle songeât alors à cette affiche qui ornait sa chambre? Pourquoi revit-elle ce flibustier avec son bonnet rouge, le sabre à la main, et cet autre campé sur sa jambe de bois, la mine farouche sous le chapeau noir, braquant son pistolet vers un invisible danger ?

Le décor, sans doute, le décor... Une enseigne qui grinçait au bout de ses chaînes, pendue à une potence métallique scellée dans un mur, le vent sifflant dans les drisses des drapeaux, comme il sifflait autrefois dans la mâture des vaisseaux corsaires mouillés de l'autre côté des remparts, au long du quai Saint-Vincent...

Si les bruits se mêlaient au décor pour la faire se tromper de siècle...

Ce ne fut que lorsqu'elle entendit la voix de Patrick Poivre d'Arvor sourdre derrière une fenêtre qu'elle reprit pied dans son époque. Haussant les épaules, elle repartit en essayant de rire de sa peur.

Mais, rue des Cordiers, elle entendit de nouveau : Bang... Bang... Bang..., puis un souffle étrange, rauque, presque douloureux, qu'elle n'identifia pas sur le coup mais qui ne présageait rien de bon.

Elle se sentit alors submergée par une angoisse insurmontable. La panique montait en elle comme un mascaret.

Une sueur froide au front, elle pressa le pas. Bang... Bang... Bang... Le bruit la suivait toujours, et il n'y avait toujours personne dans les rues, éclairées de loin en loin par la lumière froide et tremblante d'un lampadaire secoué par le vent.

Instinctivement, elle mit la main à son côté gauche, là où elle portait son pistolet automatique. Rien. Evidemment, elle ne s'était pas armée pour aller interroger le notaire.

Elle se retourna brusquement. Rien. La rue était vide. Pourtant il lui avait semblé... Mais, avec ce vent, pouvait-on savoir d'où venait un bruit ? De la petite rue du Gras Mollet, là derrière elle ? De la rue de la Grille ? De la rue de la Corne de Cerf ? Ce n'étaient pas les encoignures qui manquaient, où quelqu'un de mal intentionné eût pu se dissimuler sans peine.

Elle courut jusqu'au bout de la rue et s'aperçut avec un véritable soulagement qu'elle était presque arrivée. A une cinquantaine de mètres, l'enseigne de son hôtel éclairait les pierres froides des façades, des trottoirs, des pavés de cet univers minéral qu'était la ville « intra-muros ».

Elle s'arrêta, et tendit l'oreille. Sa respiration un peu haletante formait une buée qui se fondait vite dans les courants d'air. Plus rien. N'avait-elle pas rêvé ? Le vent miaulait de plus belle ; penchée en avant pour lui résister, elle marcha vers cette porte illuminée avec le soulagement du marin retrouvant les eaux calmes d'un port après une rude traversée.

Comme elle poussait la porte de verre, elle entendit plus nettement cette fois ce qu'elle avait pris pour un bruit de pilon sur le pavé. Il était produit par un curieux bonhomme qui tenait deux chiens en laisse et marchait en s'aidant d'une de ces lourdes cannes qu'en Bretagne on appelle un « pen baz » et qui s'apparente plus à une solide trique qu'à un jonc élégant.

Il était vêtu d'une canadienne de toile bise, au col de fourrure noire et coiffé d'un béret qui revenait en visière sur son front bas. Elle remarqua ses yeux rapprochés et le rictus qui tordait sa bouche. Elle s'était souvent amusée du mimétisme qui existe entre des animaux de compagnie et leur maître. Elle se souvenait ainsi d'une vieille coquette qui avait la même bouche pincée que son pékinois et qui parlait comme il aboyait : sans discontinuer.

Celui-ci avait les mêmes yeux méchants que ses chiens qu'il tenait au bout d'une solide corde. Deux affreuses bêtes qui tiraient sur cette laisse jusqu'à s'en étrangler avec des halètements rauques.

C'était donc là ce bruit qui l'avait inquiétée. Avec un ensemble parfait, les deux chiens voulurent se précipiter sur Mary mais elle poussa la porte avec un cri d'effroi et, penché en arrière, le bonhomme tira avec vigueur sur la corde retenant ses bêtes, les étranglant un peu plus. Enfin il la fixa avec un petit rire déplaisant, et s'en fut lentement, comme à regret, toujours ricanant, et se retournant fréquemment.

Elle ne se souvenait pas avoir vu des chiens aussi hideux. Pourtant, à La Baule*, elle en avait affronté un qui n'était pas particulièrement sympathique. Le bull mastiff de Perenno, celui qui avait bouffé la main bleue devant ses yeux était certes une brute impressionnante, mais tant qu'on l'avait laissé en paix, il n'avait agressé personne.

Tandis que ces deux bêtes-là… Elle entrouvrit la porte pour les regarder s'éloigner. Eux aussi se retournaient fréquemment, comme s'ils regrettaient d'avoir laissé échapper une proie.

Leur taille pourtant ne faisait pas impression.

* voir *L'Homme aux doigts bleus*

Mais ils avaient des yeux méchants, des yeux de tueurs et une longue gueule qui paraissait déborder de dents redoutables. Sous leur poil ras, des muscles puissants saillaient dégageant une impression d'énergie incroyable.

Mary repoussa la porte en frissonnant.

Le hall était désert, elle demeura un instant derrière les battants de verre, la main sur le cœur, essayant de retrouver son calme. Quand elle se retourna, le patron descendait l'escalier :

– Vous avez appelé ?

– Euh… non, fit-elle.

– Ah… j'avais cru entendre…

Elle expliqua :

– C'est juste comme je rentrais, un drôle de type dans la rue, avec deux chiens en laisse… Il m'a fait peur.

Le patron sourit :

– Ah, Xavier… Ne craignez rien, surtout quand il est là.

– Vous le connaissez ?

– Bien sûr… C'est un vigile, il travaille pour une société de gardiennage qui surveille les docks, le port. De temps en temps, il promène ses bêtes dans la vieille ville.

– Il est inquiétant !

L'hôtelier se mit à rire :

– Pensez-vous ! Il s'appelle Xavier Diès, c'est un ancien gardien de phares. Quand on a automatisé leur fonctionnement, il a dû prendre une retraite anticipée. Il adore les chiens et grâce à lui perdure la tradition des dogues de Saint-Malo.

– Encore la tradition ? grommela-t-elle. Vous

avez l'air d'y tenir, dans la région !

– Pourquoi dites-vous ça ? demanda l'hôtelier.

– Parce qu'aujourd'hui j'ai vu un monsieur qui entretient une goélette sous prétexte que ses ancêtres ont été corsaires autrefois !

L'hôtelier sourit :

– Vous voulez parler de maître Roch ?

– Exactement. Que savez-vous de lui ?

L'hôtelier la regarda bizarrement, paraissant se demander le sens de la question.

– D'abord il n'entretient pas sa goélette uniquement par piété familiale, mais surtout parce qu'il adore naviguer.

Mary hocha la tête :

– Soit. Mais encore ?

– Je sais qu'il est notaire, dit l'hôtelier, qu'il est suppléant de notre député et qu'outre un beau bateau, il a une très belle maison...

Il parut hésiter et ajouta :

–... Une très belle voiture...

– Et qu'il avait une très belle femme, dit Mary en le fixant.

– Eh oui, il avait, dit l'homme embarrassé. Malheureusement...

Il s'arrêta et Mary compléta sa phrase :

– Malheureusement, elle est morte.

– Eh oui...

– Et maître Roch, poursuivit-elle, fait aussi partie de l'association des descendants de corsaires.

– Oui, il descend des Louvel qui..

Comme elle n'avait pas l'intention de plonger dans la généalogie du notaire, elle coupa :

– Et votre Xavier truc là, il descend sans doute de la corporation des éleveurs de chiens ?

Elle faillit ajouter : « et vous de celle des taverniers », mais, ne voulant pas froisser le bonhomme, elle se retint.

Le bonhomme ne se froissait pas, il expliquait :

– Autrefois, quand Saint-Malo était en guerre contre l'Angleterre, pour éviter que des espions ne s'introduisent dans les murs, dès la tombée de la nuit, on lâchait des dogues affamés dans les douves de la ville et quiconque s'y hasardait était dévoré par ces fauves, car c'étaient de véritables fauves. Il y en avait deux douzaines, et leur entretien revenait aux curés du chapitre.

Il la regarda en souriant :

– Alors, pour la descendance... Quant aux dogues, c'étaient des molosses, des chiens de guerre, autre chose que les deux bâtards de Xavier Diès. Vous avez vu la gueule qu'ils ont ?

– Je ne m'y suis pas attardée, dit Mary, mais ils n'avaient pas l'air commode. Il habite la vieille ville ?

– Oui, dit l'hôtelier, vous allez rire, il habite Venelle aux Chiens !

– Venelle aux Chiens ! marmonna Mary en montant l'escalier. Venelle aux Chiens ! Il y a vraiment des noms prédestinés !

Au mur de sa chambre, les pirates n'avaient pas bougé, ils attendaient toujours l'ennemi, sabre au clair et pistolet au poing.

CHAPITRE V

L'étude du dossier dans lequel elle s'était plongée assez tard dans la nuit ne lui avait apporté ni éclaircissements, ni piste nouvelle.

Quand elle arriva au commissariat, le brigadier de permanence lui fit savoir que le commissaire Rocca souhaitait la voir immédiatement.

Elle n'eut même pas à frapper, il lui sembla qu'il l'attendait derrière sa porte entrouverte.

– Alors lieutenant ?

Elle sourit :

– Vous ne vous attendez tout de même pas à ce que je vous apporte déjà la clé du mystère ?

Il eut l'air agacé et s'en fut s'asseoir derrière son bureau.

– Non bien sûr.

– J'ai vu quelques témoins, dit-elle. Slimane, Cartridge… Ils me semblent parfaitement clairs. Les propos qu'ils m'ont tenus confirment les dépositions qu'ils ont faites en leur temps.

Le commissaire acquiesça de la tête.

– J'ai également rencontré Maître Roch…

Elle regarda le commissaire :

– Vous ne m'aviez pas dit qu'il était de vos amis.

Rocca eut un geste évasif :

– Bof… Une relation tout au plus. Une relation comme on s'en fait dans les petites villes. On est reçu chez le maire, le sous-préfet, les femmes sympathisent, on se revoit…

Il leva les yeux :

– Vous savez ce que c'est…

Elle faillit lui dire non, qu'elle ne savait pas ce que c'était que d'aller dîner chez le maire, le sous-préfet, et que, d'ailleurs, elle n'avait pas envie de le savoir, mais elle se retint et fit, de la tête, un vague signe qui pouvait vouloir dire ce qu'on voulait.

Rocca était toujours aussi bien mis. La raie, dans ses cheveux châtains, était si impeccable qu'elle agaçait Mary. Elle aurait aimé qu'un événement imprévu vînt secouer cette gravure de mode. Qu'au détour d'une ruelle, il reçût un seau d'eaux usées sur la tête, ou qu'un des chiens de l'ex-gardien de phare lui arrachât un morceau de pantalon. Elle eut soudain dans la rétine l'image fulgurante de Rocca arrivant au commissariat avec une jambe de pantalon en moins. Il y avait justement une rue qui s'appelait la rue du « Gras Mollet ». Rocca avait-il le mollet avantageux ?

A cette pensée, elle pouffa. Heureusement, le commissaire était plongé dans ses pensées et elle put faire passer ce fou rire pour une quinte de toux.

Il leva son regard et vit le lieutenant Lester secoué de spasmes, produisant des bruits bizarres.

– Vous avez pris froid ? demanda-t-il avec une sorte d'agacement.

Incapable de répondre, Mary sortit un mouchoir de sa poche et y enfouit son visage. Rocca la regardait, inquiet :

– Ça ne va pas ?

Elle hocha la tête de bas en haut, les yeux pleins de larmes.

– Hon... hon...

Il s'était levé :

– Voulez-vous un verre d'eau ?

A nouveau elle remua la tête en signe d'acquiescement. Le commissaire ouvrit une armoire qui dissimulait la porte d'un petit frigo, en sortit une bouteille d'Evian en plastique. Il la déboucha et versa gravement le liquide dans un verre.

– Voilà...

Le temps qu'il s'occupe à faire le service, Mary avait maîtrisé son fou rire. Elle s'essuya les yeux, se moucha, prit le verre d'eau et en but trois gorgées.

– Merci...

Et, comme le commissaire la regardait d'un œil point trop rassuré, elle dit :

– Excusez-moi, ça me prend comme ça, par moments...

Elle se toucha la gorge :

– C'est de la trachéite, ce n'est pas grave.

Il opina du chef, rassuré :

– Je sais ce que c'est, ma femme est sujette à de telles crises...

Puis, après un silence :

– Qu'allez-vous faire à présent ?

Elle se fit évasive :

– Quelques points à vérifier, mais franchement...

Elle n'ajouta pas qu'elle ne voyait pas très bien

ce qu'elle aurait pu trouver huit mois après la clôture de l'enquête.

Rocca se leva :

– En effet…

Il soupira :

– Tout ceci est déjà si loin…

Il avait l'air soulagé et Mary se mit à sa place : de quoi aurait-il eu l'air si un simple lieutenant de police, une femme de surcroît, avait découvert un crime là où lui n'avait vu qu'une mort accidentelle ?

Elle redescendit d'un étage et pénétra dans le bureau de Maüer. Le lieutenant était plongé dans des dossiers et, devant lui, il y avait une feuille de papier sur laquelle il consignait ses notes.

– Salut Maüer, dit-elle en lui tendant la main. Tu bosses pour moi ?

– Ouais, dit le lieutenant en lui tendant une main osseuse.

– Et alors ?

Il fit la moue :

– C'est maigre.

Elle s'assit cavalièrement sur le coin du bureau et prit la feuille. La page était couverte de sortes de hiéroglyphes, ce qui la fit grimacer.

Maüer reprit son document avec un sourire :

– Personne ne peut me relire.

– Même pas toi, je parie.

Il sourit de plus belle :

– Parfois non… Mais là, c'est tout frais, je vais m'en souvenir. Il y a eu plusieurs disparitions signalées, quelques adolescents, normal, celui qui était gardé par sa mère voulait revoir son père et vice-versa.

Mary eut un geste d'impatience :

– Ce que je te demande, c'est ceux dont on ne sait pas ce qu'ils sont devenus. Les autres...

Elle fit un geste de la main pour signaler que ce n'était pas son affaire.

– Il y en trois qui n'ont pas reparu, dit Maüer. Un jeune et deux vieux.

– Le jeune, ordonna Mary.

Maüer plissa des yeux en approchant le papier de son visage :

– Ludovic Palatino, vingt-deux ans, serveur occasionnel dans un bar.

– Qui a signalé sa disparition ?

– Un de ses compagnons de travail. Un nommé Sergio Prima, vingt-cinq ans.

– Qu'est-ce qu'on a sur ce Ludovic Palatino ?

Maüer fit la moue :

– Pas grand-chose. Il serait arrivé à Saint-Malo sur un vieux gréement en provenance d'Angleterre et le bateau serait reparti sans lui.

Sur son petit carnet, Mary prenait des notes.

– Où peut-on le trouver, son copain ?

– A la pizzeria Dolce Vita.

Il hésita :

– Tu vas aller le voir ?

– Ben tiens...

Maüer eut un mouvement du visage, un air de dire « drôle d'idée ! »

– Ensuite ? demanda-t-elle.

– Ensuite, dit Maüer, on a perdu madame Angélique Gouin, soixante-douze ans, demeurant rue de la Clouterie, au numéro cinq, deuxième étage...

Il précisa :

– C'est tout près d'ici, face au bastion de Hollande.

– Je vois, dit-elle. Que lui est-il arrivé à cette bonne dame ?

– Elle a disparu.

Mary le regarda :

– Comme ça ?

– Eh oui, comme ça ! Comment disparaît-on d'ordinaire ? Un beau jour, elle est sortie et n'est pas revenue à son domicile.

– Qui est-ce qui vous a prévenus ?

– Sa voisine de palier. Elles étaient assez amies, se rendaient de menus services, jouaient au scrabble ensemble. Tu vois le genre ?

– Comment s'appelle cette voisine ?

– Juliette Piéneuf, soixante-seize ans, veuve d'un photographe.

– Cette Angélique Gouin est peut-être partie en voyage ? suggéra Mary.

Maüer secoua la tête :

– Peu probable d'après la voisine.

– Bon, je verrai ça. Et le troisième ?

– Moraud, Albert Moraud. Plus âgé celui-là, quatre-vingt-trois ans. Il résidait dans une maison de retraite, à Saint-Servan, d'où il est parti un soir pour une promenade. Il n'en est jamais revenu. C'est le directeur de l'établissement qui nous a prévenus.

– Où se trouve-t-elle cette maison de retraite ?

A nouveau Maüer la regarda, vaguement réprobateur, puis il se reporta à sa feuille :

– Je te l'ai dit, à Saint-Servan, 24, rue Jeanne

Jugan, c'est la maison de retraite des Corbières.

Et, en voyant Mary noter soigneusement, il ne put s'empêcher de lui demander :

– Tu comptes y aller?

– Bien sûr!

Et, devant son air ahuri, elle ne put s'empêcher de rire :

– Rassure-toi, je ne ferai que passer...

Maüer avait l'air de plus en plus ahuri. Elle précisa :

– Je n'ai pas encore l'âge d'y prendre pension!

Le pauvre Maüer n'y comprenait plus rien. Il posa sa page sur le bureau, devant lui, et la lissa du plat de la main :

– Je peux te poser une question?

– Deux si tu veux.

– A quoi ça rime?

Mary fronça les sourcils :

– Quoi donc?

– Eh bien, ces visites... Qu'est-ce que tu comptes trouver à la maison de retraite des Corbières?

– Des petits vieux!

Il haussa les épaules, dépité :

– Pas moyen de te parler sérieusement!

– Que veux-tu que j'y trouve d'autre? Des petites vieilles?

Maüer la regarda en hochant la tête, écœuré, l'air de dire : « il n'y a vraiment rien à en tirer, de cette souris! »

Devant sa mine déconfite, elle éclata de rire :

– Je verrai bien quand j'y serai!

De nouveau, il haussa les épaules :

– C'est pas une réponse…

Elle inspira d'un air entendu :

– Tu te demandes quelle corrélation il peut y avoir entre la disparition d'une femme jeune, jolie et riche et celle d'un pauvre vieux qui termine ses jours, solitaire dans un hôpital ?

– Ouais.

– Eh bien, moi aussi !

Le visage de Maüer se fendit d'un sourire sarcastique. Mary lut ce qui se passait dans son cerveau, il se disait, Maüer : « Tu crânes ma vieille, tu t'agites pour faire croire à Rocca que tu es sur une piste. Tout ça c'est bidon ! Dans trois semaines, dans un mois, tu lui feras un rapport confirmant le sien et tout le monde sera content ».

Heureusement qu'il ne pouvait pas, lui, lire ce qu'elle avait en tête lorsqu'elle ferma la porte : « Aux paperasses, Maüer, à l'organisation des triathlons, jusqu'à la retraite ! C'est pas avec une imagination aussi pauvre que tu sortiras de ce bureau ».

Et elle le pensait vraiment.

CHAPITRE VI

La façade de pierre de la « Dolce-Vita », située juste en face de la porte Saint-Vincent, était éclairée par une guirlande d'ampoules rouges et vertes, comme il sied à toute pizzeria qui se respecte.

Quand elle poussa la porte, il se produisit un tintinnabulement de clochettes du plus bel effet.

La salle était vide, elle regarda sa montre : dix-neuf heures trente. Un garçon apparut, en veste blanche, une serviette à la pliure du coude.

– Je suis peut-être trop tôt…

– Pas du tout, dit l'autre en s'empressant. Où voulez-vous vous mettre ?

Il montra la salle vide d'un geste théâtral :

– Il n'y a que l'embarras du choix.

Elle montra une table à deux places, près d'une fenêtre étroite :

– Là ?

– Bien sûr, fit le garçon. Vous attendez quelqu'un ?

– Non.

Il fit prestement disparaître le couvert en trop, décolla la table du mur, présenta la chaise.

Mary se défit de son duffle-coat qu'il s'en fut suspendre à un portemanteau « perroquet » de bois verni, puis elle s'assit et s'accouda à la table.

Au plafond il y avait des poutres apparentes tellement sombres qu'elles paraissaient noires, auxquelles étaient suspendues des bouteilles de chianti et de grappa, habillées de paille. Sur les murs garnis d'un enduit rustique peint en blanc, des outils aratoires anciens : râteaux de bois, fléaux, faux et faucilles.

Au sol, de la tomette ancienne et, dans un coin, un four, derrière lequel s'activait un type très bronzé, coiffé d'une calotte blanche, dont le torse maigre était recouvert d'un tricot de corps, comme en portait Raimu dans *La femme du boulanger*.

Ne manquaient que la chatte, et aussi la belle boulangère qui était remplacée par le bellâtre au maintien avantageux.

Il apporta la carte, en esquissant une révérence :

– Apéritif Madame ?

– Non, merci.

Et, après un rapide coup d'œil sur la carte :

– Une pizza « reine », je vous prie.

– Et comme boisson ?

– Une carafe d'eau.

Le serveur grimaça vers le Raimu égaré en pays malouin.

– Une carafe d'eau...

Il ramassa sa carte d'un air dégoûté, en s'excusant :

– Permettez ?

Mary le regardait faire son cinéma d'un air

amusé. La minette, disait-on, est parfois sensible aux charmes du barman ou du serveur de pizza.

Elle le regarda s'éloigner en tortillant des fesses qu'il avait un peu fortes dans un pantalon noir un peu serré. Les cheveux étaient un peu longs, un peu gras, la chemise un peu grise.

Elle grimaça de dégoût.

Elle n'eut pas longtemps à attendre, le serveur lui apporta sa commande avec ce cérémonial outré dont abusent les imbéciles qui se croient irrésistibles et donc obligés de faire le joli cœur quand une femme passe dans leur périmètre.

La foule ne se pressait pas dans les rues, et à plus forte raison dans la pizzeria. Elle attaqua la croûte dorée d'une fourchette gaillarde et le pizzaïolo en attendant le client, mit sur sa chaîne un disque de hard rock.

Mary appela le garçon :

– Vous n'avez pas de musique napolitaine ?

– Si, pourquoi ?

– Parce que ça irait mieux avec ma pizza...

Le serveur prit un air de martyr et, jetant sa serviette sur son épaule, s'en fut dire quelques mots à l'homme au calot. Celui-ci haussa les épaules et changea de registre. La voix de Luciano Pavarotti remplaça les éructations syncopées des guitaremen.

Puis il revint vers Mary avec, sur le visage, un air d'incommensurable ennui :

– Ça va comme ça ?

– Un peu moins fort et ça sera parfait.

– Moins fort, dit-il l'air accablé, moins fort, Luigi.

Et il retourna vers le four en traînant de la semelle, d'un air de dire : « ça prend une pizza et un verre d'eau et ça vient nous faire ch… avec la musique ! »

Quand Mary eut fini sa pizza, il revint avec la carte des desserts sur laquelle on voyait des photos de glaces aux couleurs fluorescentes. Elle fit la grimace :

– Merci, ça ira comme ça.

– Café ? demanda-t-il sans espoir.

– Non, l'addition.

– L'addition Luigi, fit-il d'une voix molle.

– Ça marche Sergio, fit l'autre d'une voix non moins traînante.

Le nommé Sergio revint avec un ticket posé sur une soucoupe de bakélite.

– Quarante-deux francs, énonça-t-il.

Et, la regardant d'un air entendu :

– J'préfère vous le dire car le ruban de la machine est un peu fatigué.

– Vous n'avez pas l'air des plus frais vous non plus, monsieur Prima, dit elle en le fixant.

Il en fut si saisi que son torchon tomba sur les tomettes. Il le ramassa et recula d'un pas :

– On s'connaît ?

– Pas encore, mais ça va venir.

Elle lui montra la chaise libre face à sa table.

– Asseyez-vous !

– Mais… dit-il, interdit.

– Asseyez-vous, puisque vous êtes fatigué !

Sergio jeta un regard interrogateur au pizzaïolo qui se dissimulait derrière son four. Elle sortit sa carte de sa poche :

– Police !

Il se figea, comme si le mot « police » avait possédé un charme pétrificateur.

Elle lui sourit gracieusement :

– Vous préférez peut-être venir vous asseoir au commissariat ?

L'autre regardait la carte d'un air de ne pas y croire. Enfin, il demanda d'une voix presque inaudible :

– La pizza n'était pas bonne ?

La question était si saugrenue, la voix si lamentable qu'elle faillit éclater de rire.

– Mais si ! Elle était excellente.

Elle montra son assiette vide :

– La preuve, j'ai tout mangé ! C'est vous le patron ?

Il avait fini par poser le bout de ses grosses fesses sur le bord de la chaise. Il montra le pizzaïolo :

– On est associés.

– Bien.

Elle avait sorti son porte-monnaie et posait des pièces sur la table.

– Laissez, dit-il d'une voix morte.

– Il n'y a pas de raison, dit-elle en alignant ses pièces sur la nappe de papier.

Puis elle le fixa :

– Vous avez employé ici un nommé Ludovic Palatino, exact ?

– Oui, mais il est parti depuis longtemps.

– En juin, vous avez signalé qu'il avait disparu.

– Oui...

– Il avait disparu comment ?

– Comment ? répéta-t-il. Ben, un jour il n'est pas venu au boulot.

– Comme ça, sans prévenir.

– Oui.

La voix était de plus en plus mourante.

– Vous le connaissiez depuis longtemps ?

– Non, il était venu d'Angleterre sur une vieille coque pour aller au rassemblement de Brest 92, et puis il avait tiré une telle bordée que le bateau était parti sans lui.

Il jetait toujours des regards anxieux vers son associé qui se gardait bien d'intervenir.

– En été, continua-t-il, ce n'est pas comme maintenant. Il y a un monde fou. Faudrait avoir quatre bras... Ludovic nous a donné un coup de main à plusieurs reprises contre son casse-croûte, on a fini par l'embaucher.

– Il était du métier ?

– Il avait été barman dans un club à Soho et il parlait bien l'anglais. Pour le service, c'est pas sorcier...

– Et donc, un beau jour, il a disparu.

– Ouais.

– Sans prévenir.

– Je vous l'ai dit.

– Et il ne vous a jamais donné de nouvelles ?

– Si, la semaine dernière.

Mary se leva d'un bond, renversant sa chaise ; l'autre, inquiet, se recula comme un gamin qui craint de recevoir une taloche :

– Bon Dieu ! Pouviez pas le dire ?

– On a juste reçu une carte postale.

– D'où ça ?

– De la Martinique.

Derrière le four, une main agitait un rectangle de carton.

– Apportez-moi ça, ordonna-t-elle.

Le cuistot apparut. C'était un garçon maigre et timide, il avait ôté sa calotte et un épi de cheveux se tenait à pic sur sa tête. Maintenant qu'il n'était plus caché par son four, on voyait qu'il portait un pantalon de toile bleue avachi, un tablier blanc couvert de taches et des savates de corde éculées.

Mary prit la carte qu'on lui tendait et lut. C'était d'une écriture scolaire, tracée par la main d'un homme peu habitué à manier le porte-plume : « Salut de Fort-de-France, il fait plus chaud qu'à Saint-Malo. J'ai trouvé un convoyage et j'ai pas eu le temps de vous prévenir. Salut, Ludo. »

Elle regarda les deux hommes qui se tenaient penauds devant elle :

– Vous n'avez pas prévenu la police ?

Ils se regardèrent et ce fut le serveur qui répondit :

– On n'a pas pensé.

Elle leur rendit la carte :

– Demain, à la première heure, vous irez au commissariat avec cette carte, et vous demanderez à voir le lieutenant Maüer. Vous vous souviendrez ? Maüer.

Serge Prima, qui avait pris la carte hocha la tête. Maüer, il avait compris.

– Au fait, monsieur Prima, demanda Mary, pourquoi aviez-vous prévenu la police de sa disparition ?

– Ben, dit l'autre embarrassé, c'est qu'en saison on est obligé d'avoir quelqu'un pour aider au service. Si jamais l'autre était revenu, on avait prévenu...

– Si je ne me trompe, dit Mary, il y a l'inspection du Travail pour ça!

Les deux marchands de pizzas se regardaient en coin. Visiblement, ils redoutaient plus les services de l'inspection du Travail que ceux la Police!

Elle s'en fut au portemanteau, récupéra son duffle-coat, l'enfila et gagna la porte. Avant de sortir, elle se retourna vers les deux hommes toujours immobiles :

– N'oubliez pas, demain matin, la police!

Pour un peu elle se serait prise à secouer l'index en l'air comme une grand-mère menaçant quelque galopin du père Fouettard.

Au dehors, l'air était frais et humide, elle regagna son hôtel au trot, peu soucieuse de voir ressurgir l'homme aux chiens.

CHAPITRE VII

Mary Lester n'aimait pas se lever tôt. Ou plutôt, elle n'aimait pas se lever tôt sur commande. Rien ne lui aurait paru plus rebutant que de devoir régler tous les jours son réveil pour qu'il sonne à sept heures. Par bonheur, dans le rôle que lui avait dévolu son patron, le commissaire Fabien, elle jouissait d'une grande indépendance et pouvait ordonner son travail comme elle l'entendait.

Le summum de cette liberté avait été atteint lors de son enquête à La Baule au mois d'août. Elle en gardait un souvenir ému. Ce n'était pas fréquent que le service envoyât un de ses enquêteurs passer un mois de vacances dans une station balnéaire aussi huppée.

Elle se retourna dans son lit et, fermant les yeux, elle évoqua les somptueux petits déjeuners dans la serre de l'hôtel Mimosa et le thé de cinq heures avec les rôties sous les pins, en attendant sa leçon de golf.

Elle avait eu beaucoup de chance. Ils ne seraient pas nombreux les fonctionnaires de police qui, en fin de carrière, pourraient se prévaloir d'une telle expérience : des leçons de golf aux frais de la maison !

Elle se leva, regarda par la fenêtre et grimaça. Le ciel était gris, tourmenté et elle allait prendre son café dans une salle à manger déserte avant de partir interroger les petits vieux.

Pas de quoi être enthousiaste!

Elle sortit et se pressa vers le commissariat. Les rues étaient toujours balayées par le vent et les ménagères passaient, bien emmitouflées, pour aller faire leur marché.

Dix heures sonnaient quand elle arriva place des Frères Lamennais, là où se trouvait l'Hôtel de Police.

Aussitôt le permanencier lui tomba sur le râble :

– Monsieur le commissaire vous attend.

Elle ne s'attarda pas à demander au brigadier ce qu'on lui voulait, assurément le malheureux n'en savait rien. Mais la façon dont il avait prononcé « monsieur le commissaire » en disait long sur les rapports qu'il devait avoir avec son patron.

– J'y cours, dit-elle.

Elle monta prestement l'escalier en se demandant « qu'est-ce qu'il me veut encore, celui-là ? »

Elle frappa à la porte de Rocca, n'entendit rien, attendit un peu, refrappa et, croyant entendre quelque chose, entra.

Le commissaire était assis à son bureau, il leva sur elle un œil morne.

– Bonjour Monsieur…

Il ne répondit pas.

– Vous m'avez fait demander?

– Pouvez-vous me dire l'heure ? lieutenant.

Elle le regarda comme on regarde quelqu'un qui n'a pas toute sa raison, puis, consultant sa montre :

– Il doit être dix heures quatorze...

Il regarda ostensiblement sa montre bracelet et opina :

– En effet...

Elle s'approcha du bureau et demanda :

– C'est pour me demander l'heure que vous m'attendiez ?

Il monta sur ses grands chevaux et tapa du poing sur son sous-main :

– Pas d'insolence, s'il vous plaît ! Sachez lieutenant, qu'ici le rapport est à neuf heures. Si on vous a laissée, dans d'autres commissariats, prendre des habitudes plus relâchées, tâchez de vous en défaire, la ponctualité fait aussi partie des qualités d'un policier.

Il avait pris, pour lui adresser cette mercuriale, un ton de contremaître en train de morigéner des apprentis dissipés. Mary le regarda un moment, stupéfaite, puis, avec un large sourire, elle prit une chaise et s'assit en face du bureau de Rocca.

– Je ne crois pas vous avoir invitée à vous asseoir, dit-il, pète-sec.

A nouveau, elle le regarda, puis elle lissa son duffle coat sur ses jambes.

– Monsieur, nous avons des choses à nous dire, et je souhaite vous les dire bien en face. Si je reste debout, j'aurais le sentiment de vous parler de haut, et il me semble que ça pourrait vous être désagréable...

Rocca la regardait, stupéfait. Jamais, mais alors jamais, personne n'avait osé se comporter de la sorte devant lui.

– Monsieur, poursuivit-elle d'une voix égale,

j'ai travaillé sous les ordres de patrons dont les mérites valaient au moins les vôtres. Ça s'est en général bien passé, sinon au début, du moins à la fin. Ma hiérarchie, par l'intermédiaire du commissaire Fabien, mon patron…

Elle avait appuyé sur le « mon » pour lui signifier que si elle devait en déférer à quelqu'un, ce ne serait pas à lui.

–… Mon patron, poursuivit-elle, m'a diligentée à Saint-Malo pour enquêter sur une disparition. Avec votre assentiment, je mènerai cette enquête à « ma » manière, sans votre assentiment, je ne la mènerai pas.

– Ce qui signifie? demanda Rocca d'un ton rogue.

– Ce qui signifie, monsieur le commissaire, que lorsque je sortirai de ce bureau, j'aurai obtenu ou non toute latitude pour travailler à ma guise. Si c'est oui, parfait, je poursuis mon enquête…

– Sinon?

La voix du commissaire s'était faite plus rauque. Il se tenait très raide derrière son bureau, les bras tendus devant lui, les poings serrés sur le buvard vert de son sous-main.

– Sinon je file voir maître Roch, je l'avise que, par suite d'obstruction de votre part, je ne peux travailler comme je l'entends et que je dois donc renoncer. Ensuite, je rentre à Quimper où je fais un rapport dans le même sens au commissaire Fabien.

Derrière son bureau, Rocca était littéralement tétanisé. Dans ses yeux, Mary voyait défiler des petites images, comme dans un film. On y lisait : « maître Roch, président national des notaires, suppléant du député, maître Roch, qui l'été emmenait des ministres visiter les îles Anglo-Normandes sur son beau voilier… » Ça se termina sur une lueur de panique.

Mary, tout sourire, attendait. Enfin, monsieur le commissaire parla, ou plutôt il coassa. Les mots sortaient de sa gorge comme des brins de fil de fer barbelé rouillés :

– Est-ce faire de l'obstruction que de vous demander d'arriver à l'heure au travail, comme le font tous vos autres collègues ?

– Dans le cas qui nous préoccupe, c'est-à-dire le mien, dit Mary en regardant le bout de ses doigts, ce n'est pas ce que font ou ne font pas mes autres collègues qui compte. Je suis ici, il me semble, parce que leurs méthodes, justement, n'ont pas donné satisfaction. Alors, je repose les conditions de ma collaboration : toute latitude pour agir quand et comme je l'entends, sans remarques désagréables de votre part à tout bout de champ, ou je m'en vais.

Il continuait de la fixer, muet, le mufle mauvais et elle lui rendait son regard, infiniment sereine en pensant que depuis sa première enquête à Lanester, quand le moindre mot de son supérieur, l'inspecteur Amédéo, la faisait rougir et se troubler, elle s'était forgé une drôle de carapace. Depuis lors, elle avait eu quelques assez belles altercations ; la dernière en date remontait à quelques mois, dans le bureau du directeur du golf du Bois Joli. A ce souvenir, elle se prit à sourire et se demanda si, décidément, elle ne prenait pas goût à ce genre de situation.

Enfin, Rocca parla, ou plutôt grinça :

– Où en êtes-vous ?

– Ce matin, dit-elle, je vais visiter une vieille dame, près du bastion de Hollande, et quelques vieux messieurs, à la maison de retraite des Corbières.

A nouveau le commissaire coassa :

– Quel rapport…

– Avec mon enquête ? compléta-t-elle aimablement pour lui venir en aide, tant il semblait avoir de difficulté à sortir ses mots. Je n'en sais rien, Monsieur. Tout ce que je sais, c'est que ces deux personnes ont été en contact avec d'autres personnes qui ont disparu.

Rocca hocha la tête comme quelqu'un qui ne comprend pas et redemanda :

– Quel rapport avec le cas qui nous préoccupe ?

– Peut-être aucun. Mais, comme je n'ai pas d'autre piste, je me penche sur celle-là.

A nouveau Rocca hocha la tête en y mettant une variante : celle de l'homme découragé :

– Quelle idée de reprendre cette enquête…

– Je sais qu'elle ne vient pas de vous, Monsieur…

Elle montra le plafond du doigt :

–… Mais de bien plus haut. Et ce qui vient de là-haut, vous le savez, nous autres hommes et femmes de terrain, nous sommes là pour l'accomplir du mieux possible.

– Que de temps perdu, soupira le commissaire.

– Pas si perdu que ça, dit-elle. Pas plus tard qu'hier soir j'ai retrouvé la trace d'un autre disparu.

Rocca se leva à demi de son siège :

– Un autre disparu ?

– Ouais. Le dénommé Ludovic Palatino, ci-devant serveur dans une pizzeria appelée la « Dolce Vita ».

Le commissaire se rassit lentement, sans la quitter des yeux.

– Oui, dit-il, je me souviens.

– Palatino avait disparu courant juin. Son employeur, un certain Serge Prima, l'avait signalé en son temps.

– Il est revenu ? demanda Rocca un peu stupidement.

– Non, mais il a expédié une carte postale à ses anciens collègues de travail.

– Et ils ne l'ont pas signalé ?

– Oh, c'est tout récent, dit Mary. La carte postale date de huit jours.

– D'où venait-elle ?

– De Martinique.

– Ah...

Il paraissait soudain tout décontenancé. Puis il empoigna son téléphone et aboya :

– Envoyez-moi Maüer !

Il reposa l'appareil sans ménagement et demanda à Mary :

– Comment l'avez-vous su ?

– Le plus simplement du monde, Monsieur. J'ai demandé à Maüer de me faire l'état de toutes les personnes qui ont disparu depuis un an. Parmi celles-ci se trouvait Ludovic Palatino. Hier soir, je suis allée manger une pizza à la « Dolce Vita » et, en réglant mon addition, j'ai interviewé le serveur qui n'était autre que Serge Prima, celui-là même qui était venu déclarer la disparition de Ludovic Palatino. Or, il se trouve que ce Serge Prima et son associé en cette affaire, prénommé Luigi - je n'ai pas cru devoir lui demander son nom de famille - avaient reçu la semaine précédente une carte postale du pseudo-disparu.

On frappa timidement à la porte.

– Entrez ! dit le commissaire d'une voix forte.

Le lieutenant Maüer fit son apparition.

– Vous m'avez demandé, monsieur le commissaire ?

– Oui, lieutenant.

Il consulta ostensiblement sa montre :

– Depuis bientôt cinq minutes. Vous étiez au courant ? Ludovic Palatino a été retrouvé.

– Justement, monsieur le commissaire…

– Justement quoi ?

Le pauvre Maüer jeta un regard pitoyable à Mary, une sorte d'appel au secours. Celle-ci lui sourit, voulant faire passer un message qui disait : « allons, sois un homme Maüer, ne te laisse pas terroriser par ce pitre ! »

– Justement, j'ai dans mon bureau le nommé Prima…

– Qui vous avise que son copain est arrivé en Martinique ! dit Rocca sarcastique.

– Ah, vous saviez ? demanda Maüer déconfit.

– Le lieutenant Lester vient de m'en aviser.

Mary crut voir du reproche dans le regard que lui jeta Maüer.

– Avez-vous vérifié ? demanda le commissaire.

– Vérifié ? demanda bêtement Maüer. Mais comment ?

– Je ne vous demande pas d'aller sur place, dit Rocca, mais je vous signale que, jusqu'à nouvel ordre, la Martinique est française et qu'il y a, à Fort-de-France, un commissariat de police et aussi une gendarmerie. Peut-être qu'en téléphonant...

– Oui, monsieur le commissaire, dit le pauvre Maüer en se levant comme s'il avait le diable aux trousses.

Mary considéra Rocca sans bienveillance, c'était si facile de terroriser ses subordonnés, sauf, bien sûr, si ces subordonnés s'appelaient Mary Lester.

Maüer sorti, le commissaire se retourna vers Mary et, d'un air entendu, s'exclama :

– Ce pauvre Maüer !

Pour cette réflexion par laquelle il sous-entendait qu'elle était sa complice dans le mauvais traitement qu'il infligeait à Maüer, elle l'en détesta davantage. Et, comme elle le regardait, peu amène, sans ciller, il demanda d'un ton plus accommodant :

– Qui allez-vous voir maintenant ?

– Madame Juliette Piéneuf, dit-elle, veuve d'un photographe et voisine de palier de madame Angélique Gouin.

A nouveau on frappa à la porte.

– Entrez ! cria le commissaire.

C'était Maüer qui revenait, tout excité :

– Ça y est, patron, il est logé ! Palatino, il paraît qu'on ne connaît que lui à Fort-de-France. Il est barman au Coco-Beach, la boîte à la mode là-bas...

– Calmez vos ardeurs, mon vieux, lui dit Rocca,

on n'en a rien à faire de ce type, hors que ça va nous permettre de classer un dossier. Quant aux deux autres, les marchands de pizza... Ils sont toujours là ?

– Ben non, monsieur le commissaire, je leur ai dit de partir, fit Maüer penaud.

Rocca secoua la tête d'un air dégoûté.

– Fallait pas ? osa demander Maüer d'une petite voix.

– Vous osez poser la question ? tonna Rocca, mais qu'est-ce que vous avez dans le crâne ? Voilà des types qui détiennent un renseignement important et qui le gardent par devers eux au lieu de nous en faire part. Vous allez me mettre cette boîte sous surveillance, avec quelques contrôles d'identité aux heures des repas. Ça leur apprendra !

Mary apprécia le « par devers eux » comme il convenait. Elle se leva pour dire quelque chose, mais elle se ravisa au dernier moment et, se dirigeant vers la porte :

– Si vous n'avez plus besoin de moi, Monsieur...

Elle attendit au bout du couloir, perçut quelques éclats de voix et vit Maüer sortir la tête basse. Alors elle rejoignit le bureau et ferma la porte. Le lieutenant la suivait de près :

– Je ne sais pas ce que tu lui as fait, dit-il, mais je ne l'ai jamais vu comme ça.

Il regardait Mary avec rancune, comme si elle était la cause de ses ennuis.

– Mon pauvre Maüer, dit-elle, ce qui t'arrive est de ta faute. Tu te laisses marcher dessus par ce pauvre type...

Le lieutenant regardait la porte avec effroi, comme s'il redoutait qu'on entendît Mary. Elle ironisa :

– Mais regarde-toi ! Tu fais dans ton pantalon à la pensée que quelqu'un pourrait entendre ce qui se dit ici et, peut-être, le lui rapporter !

– Facile, dit-il, toi tu ne fais que passer… Nous, c'est toute l'année qu'on l'a sur la couenne ! Maintenant, il va falloir que j'aille persécuter ces deux types de la Dolce Vita, sous prétexte qu'ils ne nous ont pas prévenus tout de suite de l'arrivée de cette carte postale. Tu parles d'un métier !

– Le métier, c'est toi qui le fais, Maüer. et, si tu veux un conseil, les deux pizzaïolos, tu vas leur foutre une paix royale. Tu pourras même aller leur rendre visite de temps en temps et inviter ta femme à y manger une pizza. D'ailleurs, elles sont excellentes.

– Si Rocca sait ça… s'exclama Maüer.

– Et alors ? Il va te bouffer ? Tu n'as peut-être pas le droit d'inviter ta femme au restaurant ? Sois un homme, bon Dieu ! Montre les dents quand il faut et, crois-moi, il ne va pas tarder à s'écraser, ton commissaire de pacotille !

Mary s'était assise derrière le bureau et Maüer marchait de long en large dans la petite pièce.

– Sais-tu pourquoi il m'a fait appeler ce matin ton Rocca ? Parce qu'il était dix heures dix et que j'aurais dû être au commissariat à neuf heures.

– Ça, il est à cheval sur les horaires, dit Maüer. On se demande comment il n'a pas encore installé une pointeuse dans l'entrée. Comment t'en es-tu tirée ?

– Je l'ai envoyé sur les roses. Je lui ai dit que je mènerais cette enquête comme je le souhaiterais, ou que je laissais tomber.

Maüer s'était arrêté la mâchoire pendante :

– Tu lui as dit ça ?

– Et comment ! Et j'ai même ajouté que s'il continuait à me casser les pieds avec ses horaires de sécurité sociale, j'irais expliquer à maître Roch que je laissais tomber justement parce qu'il me mettait des bâtons dans les roues.

– Ben ma vieille, dit Maüer avec une nuance d'admiration dans la voix, ça ne m'étonne plus qu'il ait été en rogne !

Il se posa sur une chaise et se passa la main dans les cheveux :

– Si tu continues à l'asticoter comme ça, on se prépare des beaux jours !

– Tu sais, dit-elle, j'en ai vu d'autres, et des plus malins que lui. Il ne m'impressionne pas. Quant aux deux types de la pizzeria, fais comme je te dis, sois copain avec eux. Le gros Prima a le profil parfait de l'indic, tout en gueule, rien derrière. Il te filera tous les tuyaux que tu voudras si tu sais t'y prendre... Maintenant, je me taille. Il faut que j'aille au bastion de Hollande pour tâcher de rencontrer la petite mère Piéneuf.

– Tu crois que tu vas retrouver Angélique Gouin ? demanda Maüer.

Il la regardait comme on regarde quelqu'un qui sait faire des miracles.

– Bien sûr que je vais la retrouver, dit-elle avec aplomb, seulement je ne sais pas dans quel état.

Elle ne pensait pas si bien dire.

CHAPITRE VIII

La rue ou demeurait madame Piéneuf répondait au doux nom de « rue de la Clouterie ». Elle était située à trois rues de la place Lamennais, emplacement du commissariat, ce qui permit à Mary de s'y rendre à pied.

Il était temps qu'elle arrive, la vieille dame, panier au bras, s'apprêtait à partir au marché. Mary s'excusa, demanda si ça ne la dérangeait pas trop de la recevoir, lui proposa même de revenir plus tard.

– Mais non, dit-elle en remontant son escalier avec une vélocité surprenante pour son âge, je n'avais que quelques bricoles à acheter.

Devant sa porte, elle fouilla dans son sac pour trouver sa clé. Un vieux monsieur qui descendait de l'étage au-dessus les salua courtoisement en ôtant son chapeau. Madame Pieneuf l'intercepta :

– Ah, monsieur Sauny, j'ai une visite imprévue… Si vous passez par la boulangerie, pouvez-vous me rapporter une demi-baguette?

– Bien sûr, madame Juliette, fit le vieil homme.

Il salua de nouveau et reprit sa descente. Madame Juliette, comme il l'avait appelée, se pencha sur la rampe et cria :

– Et le journal, monsieur Sauny, et le journal s'il vous plaît.

Juliette Piéneuf avait un appartement de vieille dame, plein de meubles surannés, de guéridons couverts de dentelles et de bibelots hétéroclites, avec, aux murs, des photos d'ancêtres jaunies par le temps.

Elle fit asseoir Mary sur une bergère Louis XV, elle-même se posant sur l'extrême bord d'un Voltaire.

C'était une délicieuse petite vieille, boulotte, encore coquette, qui devait aller chez le coiffeur chaque semaine. Pour sortir elle n'avait pas manqué de se maquiller et elle sentait bon l'eau de Cologne.

Elle offrit à Mary de lui faire du café, ce qu'elle refusa :

– Je ne vais pas vous importuner longtemps, dit-elle, comme je vous l'ai dit, je suis lieutenant de police et j'enquête sur la disparititon de votre voisine madame Gouin.

– Rapport à la succession ? demanda madame Piéneuf d'un air entendu.

– Quelle succession ? fit Mary en fronçant les sourcils.

– Eh bien, celle de madame Gouin, justement. Elle n'avait pas d'enfants, rien qu'une nièce, une fille de sa sœur…

– Et alors ?

– Eh bien, la nièce ne peut pas hériter tant que le décès de madame Gouin n'est pas prouvé ! Et ça ne les arrange pas ! Ils habitent la région parisienne et ils voudraient bien acheter un appartement là-bas, vous comprenez, l'héritage de la tante serait le bienvenu !

Elle parlait d'une manière entendue, comme s'il se fut agi de sa propre famille.

– Tout de même, cette pauvre Angélique…

Son visage expressif prenait un air de circonstance.

– Une femme bâtie pour vivre cent ans !

Elle penchait la tête comme une souris curieuse :

– Que pensez-vous qu'il lui est arrivé ?

– Je n'en sais rien, madame Piéneuf. Le seul fait établi est qu'elle a disparu. Pour le reste, l'enquête nous le dira…

Elle laissa passer un temps de silence et ajouta :

– Peut-être.

– L'enquête, fit la vieille dame d'un air sceptique, pour ce qu'elle a dit jusqu'à présent…

Sur son visage un peu trop poudré, ses sentiments se lisaient à livre ouvert. La moue qu'elle fit indiqua qu'elle n'avait pas grande confiance en la police pour retrouver trace de sa voisine.

– Vous la connaissiez bien, je crois, dit Mary.

– Vous pensez, dit la vieille avec volubilité, il y a plus de trente ans qu'on est voisines. J'étais là avant elle, notez bien, elle a dû arriver en soixante-quatre ou en soixante-cinq…

Elle plissa le front en calculant et confirma :

– C'est bien ça, en soixante-cinq. Mon mari avait toujours sa boutique. Il était photographe rue Saint-Benoît.

– Que faisait le mari de madame Gouin ? demanda Mary.

– Il travaillait dans les travaux publics, ingénieur…

Elle regardait dans le vide, avec un vague sourire :

– Monsieur Gouin avait fait toute sa carrière outre-mer. Le couple n'est venu ici que lorsqu'il a pris sa retraite. Il n'en a pas profité bien longtemps, il est mort deux ans après, en soixante-sept. Les colonies, vous savez, dit-elle avec une moue entendue, ça use les hommes. Il était bien plus âgé qu'elle, vingt ans, je crois…

Avant de voir la vieille dame épiloguer sur les colonies, la destinée et toutes ces sortes de choses, Mary ramena la conversation sur le terrain qui l'intéressait :

– Madame Gouin avait-elle l'habitude de voyager ?

– Pour ça non, dit Juliette catégorique. Elle disait qu'elle avait, du temps de son mari, bourlingué plus que son content, que, désormais il était hors de question qu'elle bouge du rocher de Saint-Malo où elle était née.

– Même pas pour aller chez sa nièce ?

– Sa nièce, fit la vieille femme, elle se fichait bien d'elle, sa nièce ! Jamais elle n'est venue la voir. Pourtant Angélique lui expédiait des cadeaux à Pâques, à Noël, au jour de l'An. L'autre, elle prenait les cadeaux, à peine si elle remerciait.

– Vous la connaissez ? demanda Mary.

– Je l'ai vue une fois, après que la police lui eut signalé la disparition de sa tante.

– Comment est-elle ?

Juliette souffla avec réprobation :

– Comme les jeunes de maintenant, dit-elle, mauvais genre.

Puis, réalisant qu'elle parlait à une jeune femme d'aujourd'hui, elle mit ses mains sur ses lèvres, comme une gamine prise en faute :

– Oh, pardon, je ne disais pas ça pour vous !

Mary sourit :

– Il n'y a pas de mal.

– Quand je disais mauvais genre, précisa Juliette, je voulais dire de ces jeunes qui s'habillent tout en cuir, qui circulent à moto...

– Je vois, je vois, dit Mary. Ils ne sont pas revenus ?

– Une fois. Pour voir le notaire. Mais celui-ci leur a dit que tant que le décès de leur tante n'était pas établi, il ne serait pas possible de liquider la succession.

– Savez-vous qui était le notaire de votre voisine ? demanda Mary.

– Bien sûr, dit la vieille dame. C'était maître Roch.

Et, voyant la mine soudain attentive de Mary elle s'inquiéta :

– C'est important ?

– Non, non, dit Mary, lui ou un autre...

Cependant elle resta pensive un moment. Alors Juliette lui demanda :

– Vous voulez visiter son appartement ?

– Vous avez les clés ? demanda Mary.

– Oui. Elle avait les miennes aussi. C'était convenu depuis longtemps entre nous. Comme ça, si l'une d'entre nous était malade, l'autre pouvait entrer chez elle pour lui porter assistance.

D'ailleurs, j'y vais de temps en temps pour aérer.

Bien que Juliette l'aérât, comme elle disait, de temps en temps, l'appartement de madame Gouin sentait le renfermé, l'abandon. Comme disposition il était le pendant de celui de Juliette Piéneuf avec, en plus, une sombre salle à manger Henri II lugubre à souhait.

Mary fit quelques pas sur le plancher ciré qui grinça. La cuisine était impeccable, l'évier vide, la vaisselle bien propre, bien rangée dans les placards.

Dans la chambre le lit était fait. Il y avait au mur un miroir avec un cadre de bambou et, sur la commode quelques figurines d'ivoire, souvenirs sans doute rapportés des voyages du couple au temps où monsieur Gouin construisait des routes et des ponts en Extrême-Orient.

Juliette Piéneuf se tenait sur le pas de la porte, frictionnant sa main droite avec sa main gauche, comme pour soulager un rhumatisme tenace. Mary se retourna vers elle :

– La police est venue ici ?

– Oui, dit la vieille, elle a tout fouillé.

Mary s'imagina l'état de l'appartement après le passage de Maüer et ses sbires.

– C'est vous qui avez rangé ?

– Oui, dit-elle comme en s'excusant. Vous savez, la pauvre Angélique qui était si maniaque avec ses affaires, si elle avait vu ce que les flics… à nouveau elle porta sa main devant sa bouche, comme une petite fille qui vient de dire une bêtise. Pardon…

Mary sourit avec indulgence. Il y avait beau temps qu'être traitée de flic ne lui faisait plus ni chaud, ni froid.

– Vous voulez dire que la police a tout laissé dans le plus grand désordre ?

– Oui, c'est ça, dit la vieille soulagée, dans le plus grand désordre.

Mary revint vers la porte palière :

– En tout cas, c'est impeccable maintenant.

La vieille dame le prit comme un compliment :

– Merci…

Elle ferma soigneusement à clé la porte de sa voisine :

– Vous avez encore besoin de moi ?

Elle n'avait pas demandé ça comme quelqu'un qui en a assez de vous voir, mais bien en espérant qu'on lui dirait oui, qu'on avait encore besoin de ses lumières.

– Juste un moment, dit Mary en rentrant dans l'appartement de Juliette.

– Oh, mais tant que vous voudrez, dit la vieille dame.

– Je n'en ai plus pour longtemps. Je ne voudrais pas vous accaparer, je vous ai déjà fait perdre votre temps, vous deviez aller au marché…

– Oh, le marché, fit-elle avec un geste du bras qui en disait long sur l'importance qu'elle y attachait, le marché c'est surtout pour sortir, pour voir du monde, pour parler. J'ai des œufs, du jambon dans mon frigo. Monsieur Sauny va me rapporter du pain frais et le journal, alors…

– Alors, j'abuse encore, dit Mary.

Elle reprit place dans la bergère et demanda à Juliette :

– Parlez-moi de madame Gouin.

La vieille dame parut décontenancée :

– Vous parler d'Angélique ? Mais comment ?

– Justement, comment était-elle ? Grande ? Petite ? Grosse ? Maigre ?

Juliette se leva, s'en fut prendre une photo dans un tiroir :

– Tenez, nous voilà toutes les deux !

La photo avait été prise sur les remparts de Saint-Malo, probablement par un de ces photographes ambulants qui opèrent sur les sites touristiques durant l'été. On voyait deux femmes. L'une, Juliette Piéneuf, toute ronde, toute boulotte, dans une robe de coton fleurie, tout sourire, l'autre, Angélique Gouin, la dépassait d'une demi-tête.

C'était une femme mince, anguleuse, qui portait un pantalon beige et un coupe-vent de nylon marine. Elle avait un air volontaire, pas du tout angélique, comme le suggérait son prénom. Plutôt la mine d'une maîtresse femme qui sait ce qu'elle veut et qui entend qu'on la respecte.

Mary rendit la photo à Juliette Piéneuf :

– Dites donc, elle n'avait pas l'air commode !

– Elle était assez autoritaire, en effet. Mais moi je m'arrangeais bien avec elle.

Mary considéra la petite grosse en souriant. Avec qui Juliette Piéneuf ne se fût-elle pas entendue ? N'était-elle pas la bienveillance faite femme ?

– Quelles étaient ses distractions ? demanda Mary.

– Elle lisait beaucoup et nous faisions des parties de scrabble deux ou trois fois par semaine.

– La télévision ?

– Oui, bien sûr, mais seulement des émissions pas rigolotes.

– Vous n'aimiez pas les mêmes choses ?

– En matière de télévision ? Non. Elle regardait Arte…

– Et vous ?

– Les jeux, les variétés…

– Elle vous prêtait des livres ?

– Non ! Elle lisait de ces trucs ! Jamais j'aurais pu lire ça, moi !

– Vous alliez vous promener ensemble ?

– Non.

– Pourtant là-dessus… dit Mary en montrant la photo.

– C'était l'été dernier, on s'était rencontrées sur les remparts. Un photographe passait par là…

Elle médita un instant et ajouta :

– Je ne pouvais pas l'accompagner. Elle marchait trop vite !

– Elle allait souvent se promener toute seule ?

– Tous les jours, Mademoiselle. Qu'il pleuve, qu'il vente, qu'il gèle, Angélique partait faire sa promenade. Elle en abattait des kilomètres !

– Et où allait-elle de préférence ?

– Au long du sillon, jusqu'à Rothéneuf, parfois même jusqu'à Cancale !

– Toujours toute seule ?

– Toujours. Qui donc, de nos âges, aurait pu la suivre ?

– Et vous me disiez qu'elle ne voyageait jamais ?

– Jamais. Elle prétendait qu'elle avait visité tant de pays avec son mari, et dans des conditions si extraordinaires, qu'elle ne pourrait jamais y retourner avec une bande de vieilles gâteuses.

Mary sourit, admirative : elle aurait aimé la

connaître, celle-là ! Malheureusement, les gens intéressants disparaissaient trop rapidement du paysage malouin. Ne restaient que les ectoplasmes du type Rocca. C'était à vous dégoûter de tout.

– Je vais vous faire voir quelque chose, dit Juliette, mystérieuse, mais il ne faudra pas le dire !

Elle s'en fut à une armoire et tira, de dessous une pile de draps, un album photographique.

– Voilà, dit-elle, c'est l'album d'Angélique. Elle ne le montrait qu'à moi, et j'avais tant de plaisir à le feuilleter qu'un jour elle m'a dit :

– Juliette, quand je partirai, il sera pour vous.

– Attendez, dit Mary, vous êtes bien sûre ? Elle a bien dit « quand je partirai » ?

Juliette leva sur Mary des yeux effrayés, les yeux de quelqu'un qui a dit quelque chose qui dépasse sa pensée :

– Mais ça ne voulait pas dire qu'elle allait partir habiter ailleurs, dit Juliette, « quand je vais partir », ça veut dire quand je vais mourir… Et moi je lui ai dit : « Oh, Angélique, avec la santé que vous avez, vous nous enterrerez toutes ! » Eh bien, a-t-elle coupé, si je pars avant vous, je vous lègue mon album de photos. Il n'y a que vous que ça intéresse, vous parlez si ma fichue nièce s'en moque !

– Alors, dit Juliette, quand je ne l'ai pas vue revenir, j'ai pris l'album. J'ai mal fait ?

Mary ne répondit pas :

– Faites voir, ordonna-t-elle.

Elle prit le lourd volume sur ses genoux. Il contenait des dizaines de photos, certaines en noir et blanc, les plus récentes en couleurs déjà passées. On y voyait des pagodes, des chasses au tigre, des éléphants, des mines à ciel ouvert, des colonnes de porteurs dans des sentiers de brousse, de hautes montagnes, de larges fleuves... Parfois, madame Gouin était en compagnie d'un homme de haute taille dont le visage énergique était barré d'une épaisse moustache noire.

Madame Piéneuf montrait du doigt :

– Monsieur Gouin.

Il paraissait, en effet, beaucoup plus âgé que sa femme, mais néanmoins, ils étaient bien assortis. Tous les deux grands et minces, vêtus de blanc, avec le casque colonial...

Mary vit également madame Gouin assise à l'arrière d'une pirogue taillée dans un tronc d'arbre, manœuvrée par une douzaine de pagayeurs noirs, dans un pousse-pousse, une ombrelle à la main comme madame Butterfly, dans une chaise à porteur telle une princesse blanche égarée en terre africaine, puis devant des danseurs noirs aux masques effrayants.

Juliette, qui regardait par-dessus l'épaule de Mary commentait avec des intonations admiratives. En avait-elle vu des choses, Angélique Gouin !

Mary referma le gros album, le tendit à Juliette qui le prit comme un trésor et le reporta à son armoire.

Elle comprenait maintenant pourquoi Angélique Gouin n'avait aucune envie de s'envoler avec les charters du troisième âge !

CHAPITRE IX

Quand elle sortit de chez Juliette Piéneuf, il était près de midi. Il n'était plus temps d'aller à la maison de retraite. Elle ne voulait pas non plus retourner au commissariat où Rocca, en dépit de ce qu'elle lui avait dit le matin même, aurait pu l'assommer de ses réflexions oiseuses.

Or elle s'était installée, en allant chez madame Piéneuf, dans le petit monde d'une des victimes. Pourquoi ne pas y rester?

En rentrant vers son hôtel, elle acheta une baguette de pain, deux tranches de jambon et un quart de beurre, deux poires.

Elle installa sa petite table devant la fenêtre qui captait un beau rayon de soleil. Le ciel était toujours tourmenté, le vent frais, mais ici, à l'abri de tout, elle se sentait bien.

A ce même moment, elle pensa à Juliette Piéneuf qui devait, comme elle, s'asseoir devant sa tranche de jambon et la demi-baguette que lui avait rapportée son obligeant voisin.

Lisait-elle le journal? Ou feuilletait-elle l'album photographique de la disparue?

Assurément, Angélique Gouin n'aurait pu laisser plus beau cadeau à sa voisine.

La petite madame Piéneuf devait en rêver la nuit, s'imaginer que c'était elle qui était assise à l'arrière de la pirogue, avec ces colosses noirs à demi nus, souriant de toutes leurs dents blanches.

Avait-elle, ce jour-là, rencontré des hippopotames ? Des crocodiles ? Des éléphants ? Des tigres ? Assurément, la photo n'était pas bidouillée, ce n'était pas non plus un de ces clichés arrangés, que l'on prend au Club Med dans des canoës en plastique avec des figurants professionnels qui mâchent du chewing-gum.

Non, cette photo, comme les autres, respirait l'authenticité. Elle avait dû être prise dans les années cinquante, juste après la guerre. Angélique Gouin était toute jeune, son mari paraissait avoir la quarantaine bien sonnée.

Mary pela sa poire avec l'Opinel qui ne la quittait jamais et la mangea en guise de dessert accompagnée de pain beurré. Il ne lui manquait plus qu'un café qu'elle prendrait tout à l'heure, en sortant pour aller à la maison de retraite.

Sur quel spécimen allait-elle tomber là-bas ? Qui était cet Albert Moraud, le second disparu ?

Quel rapport, autre que leur disparition, entre ces deux vieillards et la jeune et jolie femme du notaire ? Apparemment aucun ; pourtant elle avait flairé une piste. Pas la peine, bien sûr, d'en parler à Rocca, il se serait moqué. Les hommes de sa profession, elle l'avait remarqué, n'aimaient pas trop qu'on leur parle de « flair ». D'ailleurs, quel était le rôle de Rocca en cette affaire ? N'avait-il pas connu et fréquenté le couple Roch ? Certes, maintenant il minimisait cette relation en tentant de la réduire à une obligation mondaine. Cependant, il avait été le premier averti de la disparition de la femme du notaire. Avait-il fait tout le nécessaire pour la retrouver ? Elle se promit de jeter un œil dans cette direction.

Sa montre indiquait treize heures. Il était un peu tôt pour aller visiter une maison de retraite. Les vieux, c'est bien connu, font la sieste… Alors, puisqu'elle s'était glissée dans la peau des vieux, autant aller jusqu'au bout.

Elle s'allongea sur son lit, coiffa les écouteurs de son baladeur… Elle avait un nouveau disque de Mozart : six sonates pour clavecin, flûte et violoncelle. Divin !

Elle s'endormit.

*

Lorsqu'elle se réveilla, trois heures sonnaient au beffroi de la ville. Son disque était fini depuis longtemps et, dans son sommeil elle s'était débarrassée des écouteurs qui pendaient sur son cou.

Elle se leva et passa dans la salle de bains pour se rafraîchir. Elle eut un large sourire en pensant à Rocca qui, à cette heure, devait se tenir raide comme un piquet derrière son bureau en se demandant ce que cette maudite Mary Lester pouvait bien fabriquer.

Pouvait bien se demander ce qu'il voulait, ce fâcheux, à cette heure, Mary Lester sortait de sa sieste en pleine forme, prête à affronter les petits vieux sans mollir.

En sortant, elle décocha un clin d'œil complice

au groupe de pirates qui gardaient son vestibule, plus farouches que jamais.

☆

La maison de retraite des Corbières était située sur la commune de Saint-Servan. Pour y arriver, Mary longea le bassin Vauban, puis le bassin Bouvet, puis la plage des Sablons. Elle s'en fut trop loin et atterrit à la tour Solidor.

Le formidable édifice de granit, bâti là au XIVe siècle pour protéger l'estuaire de la Rance n'avait rien perdu de sa superbe. Il semblait toiser avec morgue les humbles mortels qui passaient à ses pieds, sous sa poterne, pour aller visiter le musée des Cap-Horniers.

Elle longea une plage bordée de villas, pénétra par erreur dans une grande propriété qui avait tout du genre d'établissement qu'elle recherchait, mais une pancarte l'avisa qu'elle était dans une maison de retraite de la marine.

Alors, elle fit demi-tour et s'arrêta enfin, 24, rue Jeanne Jugan (du nom de cette dame de charité, native de Saint-Servan, qui fonda, au XVIIIe siècle, l'ordre des petites Sœurs des Pauvres), à l'entrée de la maison de retraite.

Quand elle marcha sur le paillasson de l'entrée, une lourde porte de verre coulissa silencieusement, lui ouvrant l'accès à un vaste hall garni de plantes vertes dans des bacs.

Disposée en demi-cercle, une garde d'honneur semblait l'attendre. Ils étaient bien une trentaine, hommes et femmes, dans leurs petites charrettes de cuir et de chromes bien alignées en ordre de bataille.

Trente zombis oubliés par Dieu sur cette terre, podagres, impotents, catarrheux, cachexiques dont les yeux vagues et larmoyants voyaient déjà un autre monde.

Elle s'arrêta, interdite, salua machinalement. Quelques crânes chauves branlèrent, quelques bouches édentées frémirent, quelques mains ossues comme des serres s'agitèrent sur les plaids qui couvraient des genoux cagneux, manière de ces fossiles de lui renvoyer un salut venu d'un autre monde.

Mary se força à avancer de quelques pas. Elle devait lutter très fort pour surmonter sa répugnance, pour se contraindre à sourire à ce bataillon de demi-morts, pour ne point tourner les talons et fuir vers l'air libre, vers le monde des vivants. Elle avait vraiment l'impression d'être descendue dans un sépulcre.

Au fond de la salle, il y avait un bureau derrière lequel se tenait une jeune femme tout de blanc vêtue. Elle respira fort : enfin quelqu'un de vivant! Au-dessus de la tête de cette jeune femme, une pancarte de plexiglas gravée indiquait qu'on se trouvait à la réception.

– Je souhaiterais rencontrer le directeur de l'établissement, dit-elle.

– Vous avez rendez-vous? demanda la jeune femme.

– Non.

Le visage de la réceptionniste se rembrunit :

– C'est à quel sujet?

Mary sortit sa carte :

– Si ça ne vous fait rien, je le lui dirai moi-même.

– Police, lut la jeune femme. Bigre, un de nos pensionnaires aurait-il commis un hold-up ?

Mary rengaina son porte-cartes :

– Vous avez de l'humour, dites donc !

– Indispensable, dit la réceptionniste. Vital, dirais-je même.

Elle montra, d'un mouvement de tête, les zombis dans leurs fauteuils.

– Quand on a ça sous les yeux toute la journée, il vaut mieux rire de tout ce qui se présente. Qui dois-je annoncer ?

– Le lieutenant Lester.

La réceptionniste parla quelques instants dans son téléphone, puis dit à Mary :

– Vous suivez le couloir là, juste devant vous, c'est la troisième porte sur la droite, au 47.

Mary la remercia et s'engagea dans la coursive qui s'allongeait à perte de vue, bordée de portes laquées, toutes marquées d'un numéro.

Les murs étaient peints en blanc, le linoléum brillait sous des rampes de néon encastrées dans le plafond, tout était d'une propreté rigoureuse, et pourtant, par-dessus les odeurs de cire et les vagues parfums laissés par les déodorants, tenace, surgissait l'âcre senteur de la déchéance physique, de la vieillesse, de la mort.

Le directeur de la maison de retraite des Corbières était un quinquagénaire avenant et prévenant qui vint au-devant de Mary et lui offrit un siège. Il avait l'œil bleu et candide et son visage poupin était encadré d'une barbe brune taillée en collier où, çà et là, brillaient quelques fils d'argent.

– Je suis chargée, dit Mary, d'enquêter sur la disparition de monsieur Albert Moraud.

Le directeur, qui s'appelait Bernard Masson, c'était inscrit sur sa porte, hocha la tête en signe d'assentiment. Albert Moraud... S'il se souvenait ! Un brave petit vieux sans histoire qui avait disparu comme ça, sans crier gare...

– A votre avis, demanda Mary, que lui est-il arrivé ?

Le directeur haussa les épaules en signe d'ignorance :

– Comment le saurais-je ? Il est parti un soir de juin, après le repas faire sa promenade, et il n'est jamais revenu. C'est tout ce que j'ai pu dire à vos collègues, c'est tout ce que je peux vous dire.

– Depuis, vous n'avez pas eu d'informations ?

– Non, pensez donc, je les aurais communiquées à la police...

– Que sont devenues ses affaires ?

– Sa fille les a récupérées.

– Il avait une fille ?

– Oui.

Il décrocha son téléphone et demanda :

– Marguerite, pouvez-vous m'apporter le dossier de monsieur Moraud ?

Quelques instants plus tard, une grosse dame portant elle aussi blouse blanche entra, salua Mary d'un coup de tête interrogateur, et se retira comme elle était venue. Bernard Masson ouvrit le dossier cartonné, tourna quelques pages, lut rapidement, revint en arrière :

– Voilà, sa fille est une dame Martin, Alberte Martin, épouse d'un ostréiculteur de Cancale.

– Venait-elle souvent voir son père ?

– Oui, deux ou trois fois par semaine.

– Il n'était donc pas abandonné.

– Non, elle avait beaucoup d'affection pour lui ; à chaque fois elle apportait des petits cadeaux, des pâtisseries, des magazines, bref, elle était pleine d'attentions. Presque tous les dimanches, elle venait le chercher pour qu'il déjeune en famille, à Cancale, avec ses petits-enfants.

– Et lui, comment était-il ?

– Je vous l'ai dit, un petit vieux bien propre, sans histoires. C'était un ancien officier de la marine marchande, il avait une retraite confortable.

– Etait-il en bonne santé ?

Le directeur souffla :

– Pff... un roc ! Il marchait comme un jeune homme et, en été, il allait presque tous les jours se baigner dans la mer.

– Il n'avait donc, conclut Mary, aucune raison de se suicider...

– Aucune, confirma le directeur, mais sait-on jamais ce qui se passe dans la tête des gens !

– Vous n'excluez donc pas cette hypothèse ?

– Je n'exclus rien, confirma Bernard Masson. Cependant, ici, il y a cent pensionnaires qui auraient cent fois plus de raisons que monsieur Moraud de le faire et qui ne le font pas.

– Peut-être n'en ont-ils pas les moyens, suggéra Mary en revoyant les zombis alignés dans le hall d'accueil.

– Je vois à quoi vous faites allusion, dit le directeur, vous pensez à nos « plantes vertes »

– Vos plantes vertes ? Voulez-vous parler de votre comité d'accueil ?

– C'est cela, dit Bernard Masson, on les appelle ainsi car, comme les plantes vertes qui les entourent, les vraies, on les arrose, on les nettoie, on les sort quand il fait beau, on les rentre quand il fait froid. Ils en sont au stade purement végétatif.

– Terrible, dit Mary en se levant. Pourrais-je rencontrer quelques-uns de ses amis ?

– Sans problème, dit le directeur en se levant à son tour. Si vous voulez bien me suivre…

Ils escaladèrent un large escalier couvert de linoléum et parvinrent à une sorte de salon vitré qui ouvrait ses baies sur un jardin.

Il y avait des fauteuils couverts de skaï, des tables, des chaises, un poste de télévision.

Devant la baie vitrée, quatre vieux messieurs jouaient aux cartes. Le directeur présenta Mary :

– Le lieutenant Lester, de la police nationale, souhaiterait que vous lui parliez de votre ami Albert Moraud.

Il se tourna vers Mary :

– Avez vous encore besoin de moi ?

– Je pense que ça ira, merci. Si j'ai une question qui me revient, je me permettrai de vous téléphoner.

Les quatre hommes avaient reposé leurs cartes devant eux et regardaient Mary avec curiosité. Les visites d'une jeune femme dans cet univers ne devaient pas être chose courante. C'étaient des têtes chenues qui paraissaient tous avoir passé allégrement les quatre-vingts printemps.

Elle tira une chaise et s'assit devant eux :

– Excusez-moi, je viens troubler votre jeu, dit-elle.

L'un des hommes eut un petit rire :

– On aura bien le temps de le reprendre. On n'a plus que ça à faire !

Il se pencha :

– C'est vrai que vous êtes de la police ?

– C'est vrai.

– Ben ça alors !

Il regarda ses compagnons avec incrédulité.

– Vous menez souvent des enquêtes comme ça ?

Elle sourit :

– Bien sûr...

Et elle ajouta :

– C'est pour ça qu'on me paye.

– Ah, ça m'aurait bien plu, dit le vieil homme en regardant de nouveau ses compagnons. Il était plus grand qu'eux et les autres se tenaient cois, tant et si bien qu'il paraissait être leur porte-parole.

– J'étais pharmacien, dit-il encore, j'ai fait ce métier parce que mon père le faisait et...

– Vous connaissiez bien monsieur Moraud ? coupa-t-elle. (Elle se méfiait, ce vieux bavard était bien capable de lui raconter sa vie sans reprendre haleine).

Les quatre vieux hochèrent la tête en cadence et l'un d'entre eux s'exclama :

– Si on le connaissait !

– Il jouait aux cartes avec vous ?

– Rarement. Il préférait lire.

– Lire et se promener, dit un petit vieux bien propre, aux cheveux blancs et à la peau toute rose.

Il sourit malicieusement, comme pour se faire pardonner d'être intervenu sans l'autorisation de son compagnon. Les deux autres se taisaient, se contentant de hocher la tête pour approuver les dires de l'ex-pharmacien.

– Pour se promener, il se promenait, dit celui-ci. Tous les jours quand le temps le permettait, il partait faire une longue tournée.

– Et parfois, même le soir, il repartait, dit le petit homme rose qui s'enhardissait. Ses yeux étaient très bleus, on aurait dit deux billes de porcelaine, ce qui faisait qu'avec ses cheveux blancs, il avait un visage tricolore.

– Au printemps, précisa le grand, parce que les journées sont longues. Ici nous dînons à sept heures, alors, avant que la nuit ne tombe, on a le temps !

– Et le matin, demanda Mary, il partait tôt ?

– Tout de suite après le petit déjeuner qui est servi à neuf heures.

– Savez-vous où il allait ?

– Il marchait le long de la mer, le long du Sillon, jusqu'à l'estuaire de la Rance.

– Vous n'êtes jamais allés avec lui ?

Les trois petits vieux qui étaient restés silencieux et qui écoutaient pourtant avec attention furent secoués d'un petit rire silencieux et le grand leva les bras au ciel :

– Allés avec lui ? Mais il n'y en a pas un ici qui aurait pu le suivre plus de cent mètres !

– Vous voulez dire…

– Je veux dire qu'il avait littéralement un moteur dans le ventre !

– A quatre-vingt-trois ans?

– Ah, dit le porte-parole, en prenant les autres à témoin, je crois qu'il n'y aurait pas eu beaucoup de jeunes pour le suivre! Tenez, le jour où il a disparu, il avait fait, selon ses dires, une dizaine de kilomètres dans la matinée. L'après-midi, il avait lu dans le jardin jusqu'au repas du soir, et là, il est reparti.

– Et il n'est jamais revenu, dit Mary.

– Jamais, dit l'autre en écho, le front rembruni.

– Et, qu'avez-vous pensé de cette disparition?

Les quatre hommes, se regardaient, embarrassés, n'osant formuler aucune hypothèse. Mary hasarda :

– Pensez-vous qu'il ait pu se suicider?

Sur leurs figures, l'embarras se fit plus présent.

– Il n'y avait pas de raisons, dit enfin le plus vieux, Moraud était en bonne santé, sa fille venait le voir fréquemment, il était invité chez elle presque tous les dimanches... Non, il n'avait pas de raisons... Et puis, s'il s'était suicidé, on aurait bien retrouvé son corps...

– On m'a dit qu'il allait parfois se baigner, il aurait pu se noyer...

– On aurait retrouvé ses vêtements.

– A moins qu'on ne les lui ait volés. Ça arrive.

Elle développait là une hypothèse à laquelle elle ne croyait guère. Le vieil homme qui parlait pour les autres acheva de la mettre à terre :

– Au mois de juin, Moraud n'avait pas encore commencé à se baigner. L'eau est très froide à cette époque. Et puis, il ne se baignait jamais le soir après le dîner. Quand il y allait, c'était en juillet, en août, parfois en septembre et c'était soit en fin de matinée, soit en fin d'après-midi.

– Donc vous ne croyez pas au suicide…

Les quatre têtes branlèrent négativement avec un ensemble parfait.

– Une fugue ?

Nouvelle négation collective, et explication du porte-parole :

– Une fugue ? Pour aller où ? Chez sa fille à Cancale ? Mais, je vous l'ai dit, elle venait ici trois fois par semaine… Et il allait chez elle quand il voulait. Il aurait même pu habiter à Cancale s'il l'avait désiré.

– C'est lui qui ne voulait pas ?

– Il préférait être ici, être indépendant, comme il disait.

Il ajouta, sur le ton de la confidence :

– Il ne s'entendait pas très bien avec son gendre.

– Ah, fit Mary intéressée, vous le connaissez, le gendre ?

– De nom, je l'ai vu quelquefois à Cancale. C'est un des gros expéditeurs d'huîtres de la place.

Elle regarda les quatre hommes en souriant :

– Alors, à votre avis, qu'est-ce qu'il est devenu Albert Moraud ?

Un haussement d'épaules collectif lui répondit. Ils n'en savaient rien.

– Ça ne vous a pas inquiétés, cette disparition ?

– Inquiétés ? Pourquoi ?

L'étonnement n'était pas feint.

– Eh bien, un de vos compagnons disparaît sans crier gare, sans qu'on en retrouve trace, il me semble que ce n'est pas rassurant. Vous ne vous êtes jamais dit que ça pourrait vous arriver ?

L'air ahuri qu'ils affichaient annonçait qu'en effet, cette pensée ne leur était jamais venue. Après un silence, le temps de digérer cette hypothèse, le porte-parole annonça :

– Ça ne peut pas nous arriver, nous on ne sort jamais d'ici !

– Donc vous pensez que sa mésaventure lui est arrivée à l'extérieur.

– Evidemment !

Le grand vieillard s'était redressé avec difficulté. Il prit sa canne et se dirigea vers la fenêtre qui donnait sur les jardins, et, au-delà, sur l'église, le cimetière :

– Voilà notre filière d'évasion à nous, dit-il avec un gros rire. Seulement, on ne sera pas difficiles à trouver. Il y aura une plaque.

Il se retourna vers ses compagnons qui étaient secoués par un rire incoercible, comme s'il avait dit quelque chose d'éminemment drôle.

Mary en eut froid dans tout le corps. Elle remercia brièvement les quatre joyeux drilles et reprit l'escalier.

Elle eut l'impression, en retrouvant sa voiture dans la rue, que sa sortie avait ressemblé à une fuite. Qu'importe, elle était bien contente de pouvoir faire rugir son petit moteur dans les rues de Saint-Servan et de s'éloigner de cette danse macabre qu'elle avait eue sous les yeux pendant une heure beaucoup trop longue.

CHAPITRE X

Cancale…

Mary en avait tant entendu parler qu'elle s'arrêta, avant d'y arriver, sur une petite hauteur qui dominait la ville.

Il semblait que la cité avait été construite sur deux niveaux : l'un au ras de la mer, au pied de la falaise, dans un espace si restreint que les maisons se pressaient les unes contre les autres au long d'un quai bordé de pierres.

L'autre partie de la ville était perchée sur une hauteur, à une cinquantaine de mètres au-dessus de la mer à plein flot.

Ces deux cités, la maritime et la terrienne, étaient reliées l'une à l'autre par une voie pentue, la rue du Vaubadet.

Mary descendit en voiture jusqu'au port qui s'appelait le port de la Houle. Deux jetées s'avançaient dans la mer, quelques petits chalutiers y étaient amarrés. Sur leurs corps morts, des chalands ostréicoles se balançaient sur l'eau, véritables plates-formes flottantes munies d'une sorte de petite grue et d'une petite cabine vitrée.

Des îles rocheuses se profilaient dans la brume

qui commençait à tomber, sombres masses arides posées sur la mer, seulement habitées par quelques phoques gris et des oiseaux de mer.

Comme dans tous les ports du monde, les bistrots s'alignaient au long du quai. A leurs terrasses on pouvait déguster les fameuses huîtres de Cancale, et en particulier le « pied de cheval », ce Goliath des coquillages, large comme deux mains, qu'il faut forcer à l'aide d'un levier fixé sur un billot, tant sa résistance à l'effraction est grande.

La maison Martin « huîtres et coquillages, vente en gros, au détail, dégustation » était située à peu près au milieu du quai, non loin de la première digue. Elle faisait l'angle avec le quai et une ruelle qui s'enfonçait dans l'enchevêtrement des maisons. Le magasin d'expédition s'ouvrait sur la venelle si étroite que deux brouettes devaient avoir du mal à s'y croiser.

Un néon éclairait le boyau sombre qui sentait la marée. Une large porte coulissante était ouverte sur un magasin bas de plafond, au sol cimenté. Il y avait des bacs de décantation pleins d'eau de mer et, tout au fond, une cabine vitrée qui devait servir à la comptabilité et à l'enregistrement des commandes.

Des bourriches vides, en bois blanc déroulé, étaient empilées sur de larges tables de bois aux pieds métalliques rongés par la rouille.

Il n'y avait apparemment personne.

La façade qui donnait sur le quai était celle d'un bistrot. Ce qui avait été autrefois une terrasse en plein air était maintenant protégé par une structure d'aluminium et de verre. Quatre tables attendaient le client, avec des nappes de papier, des assiettes, des verres et même une bouteille de muscadet.

La nuit était tombée d'un seul coup et Mary se sentit soudain de l'appétit. Elle poussa la porte et entra.

Accoudés au bar, quatre marins-pêcheurs buvaient de la bière en parlant et riant fort. Derrière le bar, les bras croisés sur un tablier de toile bleue, un costaud au teint rubicond riait avec eux. Il avait le visage barré par une épaisse moustache noire et quand il se retourna pour voir qui entrait, Mary aperçut une paire de formidables avant-bras, épais comme des gigots, couverts eux aussi de poils noirs.

Sans se déranger, comme s'il avait deviné que ce n'était pas une cliente pour lui, le colosse se pencha et beugla :

– Alberte !

Une femme surgit du fond de la salle et vint vers Mary. C'était une quinquagénaire rondouillarde et souriante, l'air d'une bonne fille sans malice, prête à toutes les concessions pour être gentille avec tout le monde.

– Est-il trop tôt pour dîner ? demanda Mary.

– Dîner ? s'étonna la femme.

– Je voulais dire, déguster quelques huîtres…

– Ah, ben non, dit la grosse enjouée, il n'est jamais trop tôt pour déguster la Cancale. D'ailleurs, c'est écrit !

Elle montrait du doigt une pancarte : « dégustation à toute heure ».

– Qu'est-ce que vous voulez ? Des plates ? Des creuses ?

– Des plates.

– Quel numéro ?

Mary écarquilla les yeux et la patronne traduisit :

– Des petites ? Des moyennes ? Des grosses ?

– Je préfère les petites, dit-elle.

– Une douzaine ?

– Une douzaine.

La femme cria à l'adresse du colosse :

– Maurice, ouvre-moi donc une douzaine de cinq.

Le bonhomme disparut un instant et revint avec une bourriche. Sans cesser de plaisanter avec les marins-pêcheurs, il prit un petit couteau et, avec une dextérité extraordinaire, écailla les huîtres.

Il n'y avait guère de monde sur le quai. De temps en temps quelques silhouettes se hâtaient. Une voiture s'arrêta devant le bistrot. Par la vitre ouverte, ses occupants, un homme et une femme, jetèrent un coup d'œil sur le porte-menu. Puis la voiture repartit. Sans doute, ses occupants faisaient-ils le tour des bistrots de dégustation avant de se décider à en choisir un.

Les chalands des ostréiculteurs se fondaient dans le noir. Sur la digue éclairée par les néons, les lumières se reflétaient dans l'eau sombre, montant et descendant doucement, au gré de cette houle qui avait donné son nom au port.

La patronne revint, portant une assiette où des huîtres étaient disposées sur un lit de goémon, une corbeille de pain bis et un petit pot de beurre. Elle disposa le tout sur la table et ouvrit une bouteille de muscadet.

– Je crains fort de ne pas en venir à bout ! s'exclama Mary.

– Vous boirez ce que vous voudrez, Mademoiselle, je ne vous compterai pas plus que vous n'aurez bu.

Quelques marins s'étaient joints au groupe bruyant du bar, les tournées de bière se succédaient. Ils portaient des bottes montantes, des « cuissardes » dont ils avaient replié la partie haute sur leurs genoux, des vareuses délavées, des bonnets de laine. C'était leur tenue de travail. Toute la journée, ils avaient chargé et déchargé des poches d'huîtres dans le vent et la froidure, sur le pont des chalands ; avant de rentrer chez eux, ils prenaient un verre au chaud en se racontant leur journée. Le cérémonial devait être immuable.

Le patron était toujours accoudé à son comptoir, toujours les bras croisés, tel un commandant de navire sur sa dunette.

La patronne était repartie d'où elle était venue. Mary dégusta ses huîtres. Elles étaient iodées à point, avec un goût de mer extraordinaire. Le pain noir découpé en fines tranches et le beurre salé ajoutaient à la fête et elle se surprit à se verser un second verre de muscadet.

Quand elle eut fini, elle se dit que, décidément, douze huîtres ce n'était pas grand-chose.

– Patron…

Elle faisait signe au gros moustachu qui rappela vers le fond de la salle :

– Alberte…

La fille d'Albert Moraud revint, tout sourire :

– Ça a été ?

– Merveilleux, dit Mary. Il y a longtemps que je ne m'étais pas régalée de la sorte. J'en prendrais bien une autre douzaine.

A nouveau, elle vit Maurice Martin reprendre son couteau minuscule dans ses mains d'étrangleur et décoller les coquilles comme en s'amusant.

Elle était toujours seule sous la verrière décorée de filets de pêche bleus et de leurs lièges bruns.

– Ce n'est pas la foule, dit-elle à la patronne quand celle-ci revint avec ses douze huîtres délicatement disposées sur leur lit de varech brun.

La grosse femme sourit en croisant les doigts :

– Ce n'est pas la saison…

– En été, dit Mary, je suppose que vous ne savez pas où donner de la tête.

– Ça, dit la femme, on aurait dix fois plus de place que ça serait encore insuffisant. Mais ça ne dure que deux mois.

– Vous faites également les expéditions ?

– Oui, sur toute la France. Dans un mois c'est Noël, il va falloir travailler jour et nuit.

– Vous êtes bien madame Martin ? demanda Mary.

– Oui, dit la grosse, pourquoi ?

Mary montra la chaise vide devant-elle :

– Vous ne voulez pas vous asseoir un moment ?

– M'asseoir ? fit Alberte Martin les sourcils froncés, pourquoi ?

– J'ai quelques questions à vous poser.

– A moi ?

La grosse femme n'en revenait pas.

– Vous êtes bien la fille d'Albert Moraud, ce

vieux monsieur qui a disparu depuis le mois de juin ?

– Oui.

Elle avait répondu dans un souffle, elle se laissa tomber sur la chaise comme si ses jambes lui manquaient soudain.

– Je suis de la police, dit Mary.

Elle sortit sa carte :

– Lieutenant Lester.

– Vous avez des nouvelles ? dit Alberte anxieuse.

– Non. Mais j'ai repris l'enquête et donc il faut que je vous interroge.

– Vous savez, je ne sais rien de plus que ce que j'ai dit à vos collègues…

Ses yeux roulaient comme des boules de loto, elle regardait de droite et de gauche à la recherche d'un hypothétique secours. Elle ajouta, pour le cas ou Mary n'aurait pas compris :

– J'ai déjà dit tout ce que je savais

– Au lieutenant Maüer, dit Mary… Mais j'aimerais que vous me le répétiez.

Leur ultime tournée bue, les marins sortaient bruyamment. Le patron, étonné de voir sa femme attablée avec la cliente, vint aux nouvelles.

– Mademoiselle est de la police, dit Alberte au moustachu.

Elle avait parlé d'une voix craintive, comme si on l'avait prise en défaut. Pour un peu, Mary se serait attendue à la voir lever la main pour parer une calotte.

–… Elle enquête sur la disparition de papa.

– Il est bien temps, marmonna le colosse, voilà bientôt six mois qu'il a disparu !

– Peut-être, dit Mary, mais moi, il y a trois jours que l'on m'a confié le dossier. Alors, j'ai pensé qu'il serait aussi bien que je vienne vous voir, que je vous parle en dégustant vos huîtres, qui, entre parenthèses, sont parmi les meilleures que j'aie jamais mangées, plutôt que de vous convoquer au commissariat. Qu'est-ce que vous en pensez ?

– Vu comme ça… dit le bonhomme en regardant sa femme, vu comme ça…

Il restait méfiant, semblant se demander où était le piège.

Mary montra l'autre chaise :

– Asseyez-vous donc, monsieur Martin.

L'homme hésita, puis il s'en fut à la porte ôter le bec de cane. Ensuite, il baissa les stores à lamelles, isolant la cage de verre de la rue.

– Comme ça nous serons plus tranquilles.

Il revint pesamment reprendre place sur la chaise qui parut bien frêle pour son formidable postérieur.

Mary, pendant ce temps, faisait un sort à sa deuxième douzaine d'huîtres. Retournant un verre, posé le pied en l'air sur la table, elle dit au bonhomme :

– Vous trinquerez bien avec moi, ce muscadet est excellent.

– Ouais, c'est du bon, dit Maurice Martin. C'est un cousin, de Sautron, qui me l'envoie.

La grosse femme ne pipait mot, seul signe de nervosité, elle se triturait les doigts en regardant de biais, soit Mary, soit son mari.

– Ainsi, dit Mary, par un beau soir de juin,

votre père, monsieur Albert Moraud, a disparu de la maison de retraite des Corbières.

Le couple hocha la tête, en signe d'assentiment, avec un ensemble parfait.

– Rien dans son comportement n'avait laissé présager cette disparition ?

A nouveau, le couple hocha la tête en cadence.

– A ce que m'a dit monsieur Masson, le directeur de la maison de retraite, vous entreteniez avec votre père les meilleures relations ?

– Voui, dit Alberte en écrasant une larme de sa grosse main rouge. Ses doigts gonflés d'engelures portaient une fine alliance enfoncée dans les chairs. Les ongles étaient cassés, usés, probablement par le contact quotidien avec les coquilles d'huîtres.

– Et vous, monsieur Martin, comment vous entendiez-vous avec votre beau-père ?

– Ça allait, dit le gros d'une toute petite voix.

– On m'a dit que vos relations n'étaient pas des meilleures, et que ce serait pour cette raison que monsieur Moraud aurait pris pension à la maison des Corbières.

– Nos relations étaient excellentes, dit Maurice Martin, tant que mon beau-père a navigué.

– Monsieur Moraud était marin ? demanda Mary en se reprochant de n'avoir pas retenu cela dans le dossier.

– Il était mécanicien de marine, dit Alberte, il a fini comme chef mécanicien à la Transat

– Il était autoritaire ? demanda Mary.

– Forcément, dit la patronne. A son dernier voyage, il avait une dizaine de types sous ses ordres, et, dans la marchande, on n'a pas affaire à des enfants de chœur. Il fallait de la poigne.

– Je vois, dit Mary, et dans l'ostréiculture il faut aussi de la poigne… Ce qui fait que deux chefs dans une maison, c'est obligatoirement un de trop.

– C'est ça, dit le gros qui parut soudain soulagé que cette jeune femme ait si bien su résumer en quelques mots ce qu'il sentait confusément, mais qu'il aurait eu bien du mal à exprimer clairement. Le patron ici, c'est moi.

– Votre beau-père le supportait mal ?

– C'était un homme intelligent, dit Alberte, il connaissait son caractère, celui de Maurice et il a senti qu'il y aurait inévitablement des coups de gueule entre eux. Alors, plutôt que de risquer de se bouffer le nez avec Maurice, à la mort de maman il est parti vivre aux Corbières.

– Et ça datait de quand ?

– D'une dizaine d'années. Ça m'a fait quelque chose de le voir s'en aller là, mais c'était sa volonté.

Apparemment, quand le vieux s'était mis quelque chose en tête, c'était peine perdue que de chercher à lui faire changer d'avis.

– Où vivait-il avant ?

– Dans une petite maison, au bord de la falaise.

– Qu'est devenue cette maison ?

– Il voulait qu'elle revienne à sa petite-fille.

– Votre fille ?

– Oui. Alors nous l'avons gardée. L'été, nous la louons aux touristes et, quand ma fille aura sa situation, elle en fera ce qu'elle voudra.

– A quoi se destine-t-elle ?

– Elle ne sait pas encore, elle fait son droit à Rennes.

– Pouvez-vous me donner l'adresse exacte de la maison de votre père ?

– Bien sûr. Je vais vous la noter, comme ça vous trouverez facilement. Voulez-vous aussi la clé ?

– Ah, si vous voulez bien me permettre…

Alberte regarda son mari, comme si elle craignait d'avoir dit une bêtise et, voyant qu'il ne réagissait pas elle ajouta :

– Bien sûr ! Vous pourrez entrer et visiter, actuellement il n'y a personne.

Mary prit la clé pendant que Alberte lui écrivait l'adresse sur une étiquette arrachée à un panier d'huîtres. Puis elle demanda :

– On m'a dit que vous alliez le voir souvent…

– Chaque fois que je le pouvais, deux, trois fois par semaine.

– Et une ou deux fois par mois, dit Maurice, le dimanche, il venait déjeuner avec nous.

– Ses camarades m'ont dit qu'il était en excellente santé.

– Ça, dit Alberte en essuyant une nouvelle larme, il était taillé pour vivre cent ans, comme le disait son médecin.

– Et de ce jour où il disparu vous n'avez jamais eu de nouvelles ?

– Rien, dit Alberte avec force, rien ! J'ai espéré pourtant, j'ai attendu le courrier, à chaque fois que le téléphone sonnait je me disais : « c'est lui ! »

Elle eut un pauvre sourire :

– Quelquefois on parle de personnes qui ont

des crises d'amnésie, qui en oublient jusqu'à leur nom, jusqu'à l'endroit où ils habitent...

A nouveau elle avait de grosses larmes plein les yeux.

– A votre avis, Mademoiselle, que lui est-il arrivé ?

– C'est ce que je cherche à savoir, dit Mary, mais six mois après, les éléments sont minces.

Elle repoussa son assiette pleine de coquilles vides :

– En tout cas, il y avait longtemps que je ne m'étais régalée de la sorte. Dites-moi ce que je vous dois.

Alberte consulta Maurice du regard et Maurice dit de sa grosse voix :

– C'est pour la maison.

– Il n'en est pas question, dit Mary en posant un billet de deux cents francs sur la table.

Maurice repoussa le billet :

– Puisque je vous dis...

Il ne semblait pas avoir l'habitude d'être contrarié.

Mary se leva :

– Monsieur Martin, si vous voulez qu'on reste copains, vous allez encaisser ce qui vous est dû.

– Puisque ça me fait plaisir, plaida le gros homme, à demi vexé.

– Eh bien, si ça vous fait plaisir, vous m'inviterez quand mon enquête sera close. En attendant, je paye !

Alberte s'en fut à sa caisse chercher de la monnaie et revint avec une soucoupe qu'elle posa sur la table. Mary lui serra la main, ainsi que celle du colosse qui était énorme, calleuse et rugueuse comme une râpe à bois.

Il ne devait pas faire bon recevoir une baffe administrée par ce battoir-là !

CHAPITRE XI

Comme il se faisait tard et qu'il n'y avait pas de circulation, Mary s'en fut jusqu'à son hôtel en voiture. Quoiqu'elle ne voulût pas se l'avouer, elle redoutait de croiser une nouvelle fois l'homme aux chiens dans les rues désertes de la ville.

Elle l'aperçut d'ailleurs, mais, à l'abri de sa carrosserie, elle ne redoutait plus les fauves du retraité.

Le lendemain matin, elle retourna directement à Cancale pour visiter la maison d'Albert Moraud.

Elle la trouva sans peine, perchée sur le bord de la falaise, derrière un jardinet cerné de haies d'aubépine.

C'était une maison basse, blanchie à la chaux, comportant une porte en son milieu et, de chaque côté de la porte, une fenêtre aux volets clos.

Quelques autres demeures de ce type étaient posées çà et là sur la lande. La vue sur l'océan était extraordinaire. Le jour était gris, brumeux, avec, dans les nuées hautes du ciel, une lueur jaune qui indiquait que le soleil cherchait à percer.

Quelques oiseaux pépiaient timidement sur les

arbres dénudés, il n'y avait pas un souffle de vent.

Une pétarade de moteur vint troubler ce calme et un scooter s'arrêta derrière la voiture de Mary. Quand son conducteur ôta son casque intégral, Mary vit que c'était une toute jeune fille.

– Vous êtes la dame de la police, dit-elle.

– Et vous ? demanda Mary surprise.

– Céline Martin. Vous êtes venue manger des huîtres chez mon père hier soir.

– Vous m'avez vue ? demanda Mary.

– Oui, en entrouvrant la porte de la cuisine, on voit tout ce qui se passe dans la salle.

– Et on entend tout aussi, je suppose.

La jeune fille hocha la tête :

– Oui.

Elle avait des cheveux bruns coupés court, de jolis yeux noisette et un minois d'une adorable fraîcheur. Elle portait un blouson matelassé comme on en met pour faire du ski et un jean.

– En somme, dit Mary, je suis ici chez vous.

– En somme oui, répéta-t-elle en riant. Mais, comme on dit en droit, j'en ai la propriété, pas l'usufruit.

– C'est un site extraordinaire, dit Mary.

A nouveau la jeune fille hocha la tête :

– Oui...

Le soleil commençait à percer, ses rayons tombaient comme des halos de projecteur sur des blocs de roche isolés en mer, dorant le granit, éclairant la mer grise.

Cécile Martin tendit le bras :

– Cette île au loin, c'est l'île des Rimains. Plus près de nous, c'est le fameux rocher de Cancale.

Elle se tourna vers Mary :

– Mais je crois que vous avez la clé…

– En effet. Et je suis bien contente que vous soyez venue, vous me commenterez la visite.

La porte, faite de planches massives, était peinte d'un joli bleu passé, comme les volets et les fenêtres. Elle renâcla un peu avant de s'ouvrir car l'humidité avait fait gonfler le bois.

– Ouah ! Ça sent le renfermé, s'exclama Céline. Je vais ouvrir les fenêtres.

Quand la lumière du jour pénétra dans la pièce, Mary s'aperçut qu'on était dans une cuisine. Oh, une cuisine bien modeste, avec un évier surmonté d'un chauffe-eau et, dans une grande cheminée, une cuisinière à charbon et un réchaud à butane. Le sol était carrelé d'un grès moucheté de marron, il y avait un beau vaisselier de bois ciré, une table aux pieds chromés, couverte de formica, et les quatre chaises qui allaient avec.

Au fond du couloir, une échelle permettait l'accès au grenier. L'autre chambre contenait une armoire massive et un lit haut sur pattes couvert d'un énorme édredon grenat.

Mary fit quelques pas dans la pièce, pensive.

– C'est ici que vos grands parents habitaient…

– Oui, jusqu'à la mort de grand-mère, voici une dizaine d'années.

– Votre grand-père aurait pu continuer à y vivre, dit Mary. A ce qu'on m'a dit, il était parfaitement valide.

Cécile s'était assise sur le bord du lit, écrasant un peu la grosse couette rouge.

– Oui, dit-elle, mais c'est loin de tout.

– Bof, dit Mary, c'est à dix minutes de voiture du port. Il n'avait pas de voiture ?

– Si, dit Cécile, mais il ne conduisait pas. C'est grand-mère qui conduisait.

– C'est incroyable, dit Mary, on m'a dit qu'il était chef mécanicien.

– Dans la marine, dit Céline. Il a navigué pendant près de quarante ans. Quand il était sur son pétrolier, il n'avait pas besoin de voiture. Et quand il était à terre, grand-mère se chargeait de le conduire là où il voulait. Il n'a jamais appris et, quand grand-mère est morte, il avait plus de soixante-dix ans. Dès lors, il a jugé qu'il était trop vieux pour s'y mettre et il s'est renseigné sur la maison de retraite des Corbières. Quand il a annoncé à maman qu'il allait s'y installer, elle a poussé de hauts cris, mais sa résolution était prise. Rien n'aurait pu l'en faire démordre. Il lui a expliqué qu'il gardait sa maison sur la falaise, qu'il y reviendrait de temps en temps. Mais il n'y a plus jamais mis les pieds.

Mary fit quelques pas sur le sol carrelé, faisant crisser des graviers sous sa semelle. A présent le soleil s'était levé et le spectacle sur la mer était féerique. Elle se retourna vers la jeune fille :

– Ce sont vos grands-parents qui avaient fait bâtir cette maison ?

– Non, ça remonte à beaucoup plus loin que ça, aux grands-parents de pépé Albert.

– Des marins eux aussi ?

– Oui, mais des marins de grande pêche, ceux qui partaient sur les bancs et qui restaient plus de six mois absents. Les autres, ceux de la pêche côtière, comme l'étaient les parents de mon père, préféraient habiter à la Houle, pour avoir leurs bateaux sous les yeux, sous la main.

– Mais, dit Mary, je croyais que les goélettes partaient de Saint-Malo. Depuis « Pêcheur d'Islande », il y a eu toute une littérature là-dessus.

– C'est faux, dit la jeune fille, le grand port de la morue, c'était Cancale…

Mary la regarda, surprise. Pourquoi pas, après tout. Question de préséance. Il devait y avoir eu, au cours des siècles, des rivalités entre les deux ports, rivalités dont les séquelles étaient encore tangibles.

À nouveau, elle fit quelques pas dans la petite pièce qui devait être restée telle qu'au début du siècle, blanchie à la chaux, avec une « Mater Dolorosa » sous son globe de verre, posée sur le linteau de la cheminée et la grosse armoire sombre et luisante, tapie dans un coin.

Elle s'imaginait la femme du marin, dans sa petite maison du bord de la falaise, tremblant quand le vent faisait gronder la mer en contrebas, voyant le printemps arriver avec angoisse, car c'était là le temps où les Islandais prenaient la mer sur leurs goélettes aux cales pleines de sel, avec les doris empilés sur le pont, pour une interminable campagne dans ces mers glauques où abondent les icebergs et la morue.

La morue… Ils ne revenaient que lorsque dans les cales le poisson étêté, éviscéré, désarêté et salé, arrivait jusqu'aux dalots. Partis en février, ceux qui revenaient retrouvaient la maison en septembre après sept mois passés dans des mers hostiles, alimentés pitoyablement, dans des conditions d'hygiène et d'inconfort inimaginables…

Mary se pencha par la fenêtre. Les tiges d'hortensias portaient encore quelques feuilles noircies mais déjà de gros bourgeons pleins de sève préparaient la somptueuse floraison de l'été.

C'est par cette fenêtre que femmes et enfants guettaient les grandes voiles rapiécées à force d'être malmenées par les méchants coups de vent du nord chargés de neige, qui ramenaient à terre un père, un frère, un époux, un fils et l'argent de la campagne, manne tant attendue…

Elle marcha vers le couloir, vers l'échelle qui menait à l'étage.

– Qu'y a-t-il là haut ?

– Le grenier, un fouillis sans nom, des affaires de pêche, des filets entassés par les générations et qui ne serviront plus jamais. Montez, vous allez voir.

Mary escalada l'échelle et risqua un œil dans le grenier. La volige apparaissait sous la charpente et deux petites lucarnes éclairaient un bric-à-brac de malles, de valises, de chaises brisées, de filets entassés sur lesquels les araignées avaient tissé un réseau de toiles si serré qu'on ne voyait plus ce qu'il y avait dessous. Le plancher était couvert d'une épaisse couche de poussière. Visiblement, personne n'était entré là depuis longtemps.

Elle redescendit et la jeune fille s'exclama :

– Quel bazar, n'est-ce pas ? Grand-mère voulait vider le grenier pour y faire des chambres, mais grand-père s'y opposait avec force : Il ne fallait pas toucher aux affaires de ses parents.

– Il était plutôt conservateur, dit Mary.
– Oui.
– Et vous ?
– Moi ? Dès que je pourrai, je ferai vider tout ça…
– Pour y faire des chambres ?
– Peut-être, mais surtout pour ne pas avoir toutes ces araignées au-dessus de la tête. J'ai horreur de ces bêtes.
Mary sourit. Elle non plus ne les aimait pas particulièrement.
– Votre mère m'a dit que vous faisiez du droit.
– Oui.
– Et après ?
Céline eut une moue charmante qui la fit paraître plus petite fille qu'elle n'était.
– Je ne sais pas. J'aimerais assez être avocate, ou peut-être magistrat…
– Vous n'aurez que l'embarras du choix.
Ce fut la jeune fille qui questionna, cette fois :
– Vous avez fait du droit vous aussi ?
– Oui. J'ai eu ma licence et ensuite j'ai choisi la police.
– Ça vous plaît ?
Mary la regarda avec sympathie :
– Oui, mais ce n'est pas toujours facile.
– Je veux bien vous croire, dit Céline. Mais ça doit être passionnant !
– Quelquefois…
Elle pensa à Maüer, à l'organisation des courses cyclistes, des triathlons en ville, à l'encadrement des manifestations, aux rapports qu'il fallait bien faire, aux statistiques qu'il fallait bien fournir à

une administration papivore. En avait-elle bavé lorsqu'au bureau de Lanester elle enregistrait, derrière son comptoir de formica, les plaintes pour carreaux cassés, pour les lapins volés, les postes de radio arrachés aux voitures.

Elle regarda Céline :

– Je crois que nous pouvons refermer.

Les volets grincèrent sur leurs gonds et il fallut donner un grand coup d'épaule dans la porte pour que le pêne de la serrure pût retrouver son logement.

Céline remit son casque de cosmonaute et, dans une pétarade bleutée, disparut au bout du chemin.

Une dernière fois Mary regarda le rocher de Cancale maintenant doré par le soleil. Au loin, un gros bateau se découpait sur l'horizon, un ferry, peut-être, qui filait vers l'Angleterre.

Elle remonta dans sa voiture et regagna le commissariat.

CHAPITRE XII

A son bureau, Maüer triait consciencieusement des fiches, annotant de temps en temps un énorme formulaire qui occupait la moitié de sa table.

– Alors, Maüer, on s'amuse ? s'exclama-t-elle.

– Tu parles, dit Maüer, c'est l'état de...

Elle le coupa.

– Laisse tomber.

Il s'indigna :

– Mais, il faut que je finisse !

– Quand je te dis « laisse tomber », Maüer, ça veut dire « laisse tomber les explications ». Je m'en tape bien de ce que peut être ton état, j'ai pas de passion pour la paperasse.

– Faut bien que quelqu'un le fasse, protesta le lieutenant.

– Ouais... dit-elle d'une voix qui signifiait : « tu es là pour ça... »

– J'aimerais mieux, dit Maüer, n'en faire, comme certaines que je connais, qu'à ma tête et n'être pas là pour subir les humeurs de sézigue...

Il montrait le plafond d'un air entendu. Il ajouta :

– Pas possible, Poupette a dû lui poser un lapin.

– C'est qui Poupette ?

Maüer ricana :

– C'est sa maîtresse.

Mary s'assit :

– Ah bon… parce que…

– Coco a une maîtresse, oui ! Autant que tu le saches, ici c'est le secret de Polichinelle.

– Et, qui est l'heureuse élue ?

– Une commerçante de Saint-Servan. Elle tient une boutique de lingerie dans la vieille ville.

– Mariée ?

– Divorcée.

– Jolie fille ?

– Bof…

– Bof quoi ?

– Il y a du volume, dit Maüer. Autant que tu le saches aussi, Coco aime les femmes qui ont de gros seins.

Mary éclata de rire.

– Ça ne m'étonne pas, il y a des moments où il a une tête de bébé pas encore sevré.

Elle rit de nouveau :

– Alors, bébé n'a pas eu la gougoutte hier soir ? Mais je croyais qu'il était marié.

– Il l'est, dit Maüer. Il a quatre gosses et il va même à la messe tous les dimanches à onze heures. En plus, il nous charge d'aller voir dans les maisons de presse si les ouvrages porno ne sont pas à la portée des enfants.

– Eh bien, c'en est un drôle de Coco ton commissaire, mon vieux Maüer ! Alors comme ça, Monsieur a ses humeurs ?

– Ouais. Mais on a l'habitude.

Mary se leva :

– Alors je me taille. Moi j'arriverai jamais à m'habituer et, si on se croise, on va encore se dire des choses désagréables. Autant éviter ça, n'est-ce pas ?

– Et s'il te demande ?

– Tu lui diras que je ne suis pas là !

– Mais où vas-tu ?

– Me promener sur la plage.

Elle montra la fenêtre :

– Il fait beau, c'est le moment d'en profiter.

– Et je lui dis ça, moi, fit Maüer sarcastique. Le lieutenant Lester se promène sur la plage.

– Dis-lui ce que tu veux, mon vieux, si tu savais ce que je m'en tape de ce type !

La porte claqua et Maüer à demi levé se rassit :

– Elle s'en tape ! Elle s'en tape ! Ah, on m'avait annoncé un phénomène, mais une comme ça alors…

Pendant ce temps, Mary avait rejoint sa voiture et elle filait vers Paramé. La grille de la maison du notaire était ouverte, elle s'arrêta dans la cour, là où elle s'était garée lors de sa première visite à la Malouinière.

Un rideau s'écarta, puis la porte de la cuisine s'ouvrit. Bernadette apparut. Elle devait être occupée à quelque préparation culinaire car elle s'essuyait les mains dans un tablier de grosse toile bleue.

Mary s'avança vers elle :

– Vous me reconnaissez, madame Le Gall ?

La femme hocha la tête. Elle avait une bonne

figure de pleine lune, bien pleine et ses cheveux gris étaient noués en chignon, tenus par une grosse épingle.

– Vous êtes la dame de la police…

– Oui. Lieutenant Lester.

– Maître Roch n'est pas là.

– Je m'en doutais, dit Mary. Il est rarement là le midi.

– Oui, dit Bernadette, surtout depuis la disparition de Madame.

Elle avait parlé très bas, comme si elle avait eu peur d'évoquer la défunte.

– Maître Roch vous a, je crois, laissé des instructions en ce qui me concerne.

– Oui… il a dit de vous recevoir quand vous voulez, de vous montrer la maison et de répondre à toutes vos questions.

– Parfait, dit Mary. Mais, peut-être que je vous dérange. Vous étiez occupée ?

– Je préparais la soupe pour Louis. C'est mon mari…

– Je sais, dit Mary. Mais, si vous le voulez bien, rentrons dans la cuisine, nous y parlerons plus commodément que dehors.

Il régnait, dans la cuisine de madame Le Gall, une douce chaleur et une bonne odeur d'épices. Sur la table, des oignons, des carottes, des pommes de terre qu'elle était occupée à peler et à couper en rondelles, avec le couteau qu'elle avait dû abandonner pour accueillir Mary.

La chaleur émanait d'une cuisinière à feu continu, énorme masse de fonte noire avec des poignées de cuivre jaune bien astiquées. Au-dessus de l'évier à double bac, une rampe de néon éclairait toute la pièce et faisait briller les murs laqués de blanc.

Bernadette Le Gall se tenait devant sa table, les mains pendantes, un peu embarrassée, ne sachant trop quelle contenance il convenait de tenir.

Mary vit le tas de légumes à demi épluchés :

– Vous prépariez votre potage, continuez donc s'il vous plaît.

La femme hésita, puis s'assit et reprit son couteau, contente de pouvoir faire quelque chose. Mary tira une chaise à elle et se posa de l'autre côté de la table.

– Je voudrais, dit-elle, que vous me parliez de Madame.

Le mouvement du couteau le long de la carotte s'arrêta :

– Que voulez-vous que je vous dise ?

– Vous vous entendiez bien avec elle ?

– Oui.

Mary sentait que la gouvernante de maître Roch était sur la défensive. Elle tenta de détendre l'atmosphère :

– Vous savez, madame Le Gall, je ne suis pas venue ici pour chercher noise à qui que ce soit. L'enquête sur le décès de madame Simone Roch a été reprise à la demande de maître Roch lui-même.

– Je le sais, dit la cuisinière, il nous l'a dit à Louis et à moi.

– Alors… dit Mary doucement.

– Alors quoi ? demanda la femme en fixant Mary de ses yeux pleins de larmes. Que voulez-vous que je vous dise, moi ? Madame est partie un matin, comme elle le faisait souvent et elle n'est pas rentrée. Voilà… Quelque temps plus tard, on a découvert son corps sur la grève.

– Que pensez-vous qu'il lui soit arrivé ?

– Elle se sera noyée, pour sûr, dit la gouvernante.

Et puis, avec une véhémence surprenante :

– Elle passait son temps sur l'eau, quand ce n'était pas dans l'eau !

Elle semblait dire : « Est-ce qu'on agit de la sorte quand on est la femme d'un notaire ? » Et Mary pensa, qu'en effet, les notairesses qui faisaient de la planche à voile par gros temps et qui se baignaient au plus froid de l'hiver devaient aisément se compter sur les doigts d'une seule main.

– Vous vous arrangiez bien avec elle ?

– Pourquoi me demandez-vous ça ? fit la femme sur un ton de reproche, elle était la patronne, et moi l'employée.

– Bien sûr, dit Mary, mais il y a des patronnes et des patrons avec lesquels on se sent bien, en confiance, et d'autres qui vous mettent mal à l'aise en permanence.

Et elle ajouta en souriant :

– J'en sais quelque chose.

Fut-ce ce « j'en sais quelque chose » qui décoinça Bernadette ? Mary en eut l'impression. La femme la regarda d'une autre manière et sa bouche mince se détendit un peu.

– Sûr qu'on est bien dans cette maison, dit-elle. Sinon, j'en serais partie depuis longtemps. Louis a une assez bonne retraite pour nous deux et nous avons une petite maison du côté de Rothéneuf. Seulement, il y aura bientôt un demi-siècle que je suis ici. Ma mère y était avant moi…

– Vous avez donc connu la première femme de maître Roch ?

– Oui.

– Comment était-elle ?

– C'était une dame.

Mary saisit d'emblée tout ce que contenait ce terme. Une dame, c'est-à-dire une femme qui savait tenir son rang, une vraie femme de notaire quoi !

– Etait-elle de la région ?

– C'était la fille d'un avocat de Rennes. Elle est morte ici, elle n'avait pas quarante ans. Monsieur en a été très affecté. J'ai cru qu'il ne s'en remettrait jamais. Et puis il s'est abîmé dans le travail, jusqu'à ce qu'il rencontre madame Simone.

– Avez-vous été surprise quand il vous a annoncé son remariage ?

– Ah oui dame ! Surtout qu'elle avait l'âge d'être sa fille !

– Ça vous a choquée ?

– Quoi ?

– Cette différence d'âge.

– Choquée non, inquiétée plutôt. Louis et moi avons craint d'avoir affaire à une petite « madame j'ordonne », mais nous avons été bien vite rassurés. Madame Simone a toujours été d'une parfaite courtoisie envers nous. Pas exigeante, il a même fallu que je gronde pour que j'aie encore quelque travail là-haut. Si je l'avais laissée, je ne serais plus jamais montée, elle aurait même passé l'aspirateur.

– Là-haut, dit Mary, c'est là que sont les chambres de Monsieur et de Madame ?

– Oui.

– Pouvez-vous me faire voir la chambre de Madame ?

– La chambre de Madame ?

Bernadette Le Gall fronça les sourcils, d'un air de dire : « Quelle drôle d'idée ! »

Puis elle soupira :

– Si vous voulez. Vous permettez qu'avant je mette ma soupe en train ?

– Faites, dit Mary, faites !

Bernadette Le Gall lava soigneusement ses légumes sous le robinet, puis elle les plaça dans une marmite de fonte aux flancs culottés par le feu. Ses gestes étaient précis et rapides, on sentait, à l'automatisme qu'elle apportait à cette besogne, qu'elle l'avait accomplie des centaines de fois.

Elle jeta trois pincées de sel dans le récipient et posa le couvercle. Puis, elle s'essuya soigneusement les mains et dénoua son tablier de toile bleue.

– Si vous voulez me suivre...

La cuisine communiquait avec l'office et l'office donnait sur le salon où le notaire avait reçu Mary. A la suite de Bernadette, elle s'engagea dans l'escalier de chêne massif, dont les balustres étaient sculptés en savantes moulures.

Sur le vaste palier éclairé par un lanterneau placé dans le toit s'ouvraient deux portes aux panneaux travaillés eux aussi. Bernadette ouvrit la porte de droite et annonça :

– La chambre de Madame.

Ici, tout était blanc : les murs, les boiseries, le lit

couvert d'une courtepointe brodée, les rideaux et contre-rideaux.

Mary s'avança, intimidée, dans cet écrin qui avait abrité une jolie jeune femme aujourd'hui disparue.

Sur le marbre d'une coiffeuse il y avait quelques photos représentant maître Roch et son épouse. Elle prit un cadre au hasard. Le notaire et Simone posaient sur le pont d'un bateau. Il arborait une casquette de marin avec une ancre de marine, un pantalon blanc et un polo. Simone, elle, était en short avec un chemisier si léger qu'en dessous on apercevait le soutien-gorge. C'était ce qu'on appelle un joli brin de fille, avec de longues jambes musclées, un corps que l'on devinait magnifiquement épanoui et, sur le visage, un sourire heureux qui découvrait d'éblouissantes dents blanches. Elle s'appuyait tendrement sur le notaire qui la couvait avec des yeux où l'émerveillement le disputait à la surprise.

Elle reposa doucement le cadre là où elle l'avait pris. Devant la porte, Bernadette qui n'était pas entrée la regardait avec un brin de réprobation.

Après un dernier coup d'œil, elle sortit.

– Voulez-vous voir la chambre de Monsieur aussi ? demanda la gouvernante.

– Ce ne sera pas nécessaire…

Un petit escalier muni d'une rampe de fer montait vers le toit.

– C'est l'escalier du grenier ? demanda Mary.

– Oui, dit Bernadette. Si vous voulez y aller voir, faut que je redescende chercher la clé à l'office.

– N'en faites rien, dit Mary en redescendant.

Arrivée dans la grande salle elle regarda de nouveau les portraits d'ancêtres puis elle se retourna vers madame Le Gall.

– Ce sera tout, je vous remercie Madame.

Quand la petite Austin sortit de la propriété, Mary vit, dans son rétroviseur, Bernadette immobile devant la porte de l'office et, à l'angle de la maison, une ombre. Celle de Louis sans doute.

Louis Le Gall, le dévoué factotum de maître Roch, Louis le discret, le silencieux, l'efficace…

CHAPITRE XIII

Elle déjeuna rapidement de quatre crêpes et d'un bol de lait ribot, puis elle fit retraite à son hôtel.

Allongée sur son lit, elle revit la photo de Simone Roch, puis Angélique Gouin dans sa pirogue avec les piroguiers noirs et enfin elle évoqua Albert Moraud, le seul qu'elle n'eût pas vu.

Comment était-il cet Albert Moraud ? Elle s'efforça d'imaginer la silhouette du chef mécanicien. Elle le voyait plutôt petit, avec un caban bleu marine, une casquette de marin, une courte moustache blanche bien taillée et des petites lunettes à monture d'acier.

Il faudrait qu'elle demande une photo à sa fille...

Qu'y avait-il de commun entre ces trois disparus, ou plutôt ces deux disparus et cette jeune morte ?

Y avait-il seulement une relation ? Il fallait que les autres pistes fussent inexistantes pour qu'elle se raccrochât à celle-là. Après tout, Maüer avait peut-être bien raison de dire qu'elle ne trouverait rien et, qu'après trois semaines ou un mois, elle se rangerait aux conclusions du commissaire Rocca.

Cette pensée la désola. Se ranger aux conclusions de l'amateur de gros nénés ? Des clous ! Il faudrait bien qu'elle trouve quelque chose. Elle n'avait aucune envie de subir son ricanement supérieur et, qui sait, de se faire traiter comme le pauvre Maüer.

Elle revint à ses trois disparus :

Qu'avaient-ils en commun ? Deux étaient des personnes âgées, deux étaient des femmes, mais dans les femmes il y avait une jeune et une vieille.

Elle se redressa soudain sur son lit et se retint de crier « eurêka ». Toutes les trois étaient des personnes dynamiques, nettement plus dynamiques que leurs commensaux, à commencer par Simone Roch, la plus jeune qui, du tennis à la planche à voile en passant par la natation, était une sportive hors norme.

Quant à Angélique Gouin, elle aussi avait eu une existence peu commune. L'Afrique, l'Asie, la brousse, les chantiers en compagnie d'un mari plus âgé qu'elle. Comme Simone Roch, Angélique Gouin avait l'âge d'être la fille de son mari. Et, pour son âge, elle demeurait un cas, faisant de longues promenades solitaires car aucune de ses amies n'était capable de la suivre. Tiens, comme Albert Moraud, un rude marcheur, lui aussi. Comment avait-il dit son compagnon de maison de retraite ? Qu'il avait un moteur dans le ventre ! Et sa fille avait utilisé la même expression que Juliette Piéneuf pour Angélique Gouin : « Il était fait pour vivre cent ans ». Voilà qui était clair. Et lui aussi, Moraud, il allait se baigner dans la mer ! Mais Angélique, elle, n'allait pas se baigner.

Alors…

Mary ferma les yeux. Tout ceci était abominablement confus. Pourtant elle sentait qu'elle frôlait quelque chose de capital. C'était là, devant elle et elle ne le voyait pas.

Simone Roch en belle tenue blanche, Angélique Gouin et son casque de liège, Albert Moraud tel qu'elle l'avait imaginé, Simone Roch sur sa planche à voile, Simone Roch courant au long du Sillon en petite tenue, Simone Roch sur le court de tennis, Simone Roch… Simone Roch…

Elle finit par s'endormir d'un sommeil agité, peuplé de la morte et des deux disparus, mais aussi du notaire soudain transformé en flibustier, à la barre de sa belle goélette sur le pont de laquelle le commissaire Rocca apparaissait soudain, drapé dans une toge pourpre. Et il criait, en frappant sur un gong sonore : quelle heure est-il, lieutenant Lester ?

Elle se réveilla en sursaut. Les coups de gong étaient produits par l'horloge du beffroi qui sonnait trois coups. Elle ouvrit les yeux, secoua la tête pour chasser ces visions de cauchemar et soudain, ce qu'elle avait tant cherché lui apparut dans toute sa limpidité : Ce qu'avaient en commun ces trois personnes, c'était leur goût pour les longues promenades solitaires.

Bon Dieu ! Ça crevait les yeux ! Comment ne s'en était-elle pas aperçue plus tôt ?

Juliette Piéneuf avait assuré à Mary qu'Angélique Gouin, quel que fût le temps, marchait le long de la mer, parfois jusqu'à Rothéneuf, comme le faisait Albert Moraud. Simone Roch, elle ne se contentait pas de marcher, elle courait au long de cette promenade du Sillon et parfois sur la plage, où elle se baignait en toute saison.

Mary descendit en réfléchissant. Le long de la promenade du Sillon. Qu'est-ce qu'il y avait au long de la promenade du Sillon ? Que s'était-il passé sur cette grève en mars, en avril, en juin ?

Elle traversa la ville close à pied. Un épais brouillard s'était abattu sur la côte et quand elle sortit de la vieille ville, elle vit que les voitures avaient toutes leurs phares allumés, bien qu'on fût au milieu de l'après-midi.

Elle marchait sur la large promenade qui surplombe l'immense plage du Sillon : plus de trois kilomètres de sable fin et un mur de défense où venaient se briser les plus hautes marées.

Cette promenade, au départ de Saint-Malo, bordait la route. Pour atténuer la terrifiante violence des vagues qui, les jours de tempête balayaient la route, on avait planté en avant du mur de défense, des troncs d'arbre bruts pour couper l'élan de ces masses d'eau. Ainsi, une curieuse forêt pétrifiée bordait la plage sur toute sa longueur, une forêt d'arbres dont les troncs érodés par la force de la mer et le pouvoir abrasif du sable, montraient les veines de leurs bois nus.

Au mitan du Sillon, des villas s'étaient interposées entre la route et la plage. Nombre d'entre elles étaient transformées en hôtels dont les chambres donnaient directement sur la mer. Ces chambres devaient être particulièrement prisées par les estivants.

La dernière marée avait projeté sur la chaussée un épais tapis de sable dans lequel le pied s'enfonçait à chaque pas.

La brume était telle maintenant qu'elle avait l'impression d'avancer dans du coton. Quand, entre les villas, il y avait une ouverture vers la rue, elle n'entendait même plus les voitures qui passaient au ralenti ; le bruit de leurs moteurs était assourdi par cette purée de pois dans laquelle la fumée de leur échappement restait engluée, ajoutant encore à l'opacité de l'air.

Par moments, quand c'était un camion ou un car qui passait, cette odeur de gas-oil mal brûlé qui n'arrivait pas à s'évacuer en était presque écœurante.

Alors Mary descendit sur la plage et marcha vers la mer. Sous ses pieds, le sable était aussi dur qu'un ciment. On pouvait y rouler à vélo ou en voiture sans crainte de s'enliser. Le brouillard était si dense, qu'au bout de quelques mètres, elle ne vit plus le mur qui délimitait la plage de la route et elle n'entendit plus rien. Elle eut soudain la sensation grisante d'être dans un autre monde, une planète encore inexplorée.

Elle ne sut pas combien de temps elle avait marché lorsqu'elle atteignit la mer. Le flot était bas, des vaguelettes venaient mourir sur le sable vierge de traces de pas. Par ce temps et en cette saison, la grève n'était guère fréquentée.

Elle continua de marcher vers Rothéneuf, s'éloignant de Saint-Malo et elle pensa soudain aux marins qui rencontrent pareil temps en mer. Quelle angoisse devait les saisir quand ils étaient perdus au milieu de cet épais brouillard !

Ici du moins, elle n'aurait pas besoin de boussole, si d'aventure elle s'égarait, elle n'aurait qu'à suivre les traces de ses pas et à refaire, en sens inverse, le chemin qu'elle venait de parcourir.

De temps en temps elle tombait presque à l'improviste sur des groupes de gros goélands gris qui s'envolaient lourdement en protestant contre son intrusion. Elle avait la curieuse impression de marcher sans avancer car le paysage était toujours le même : les petites vagues, le sable creusé de ruisselets courant vers la mer et puis des touffes de goémon d'épave.

C'était ici, au long de cette plage qu'on appelait le Sillon qu'Angélique Gouin, Albert Moraud et Simone Roch faisaient leur promenade ou leur jogging. C'était presque en ville... Dans le haut de la plage il y avait des villas, des terrasses, des hôtels. Tout à l'heure, quand elle aurait parcouru les trois kilomètres de sable fin, elle atteindrait la pointe de Rochebonne qui avançait ses rochers dans la mer, et puis il y aurait une autre plage...

Elle s'arrêta un instant, s'accroupit et trempa le bout de ses doigts dans une flaque. Ce n'était pas chaud, comment pouvait-on plonger là-dedans en hiver ? C'était pourtant ce que faisait Simone Roch.

Et si...

Elle se redressa et réfléchit. Et si, après une course de plusieurs kilomètres Simone Roch s'était jetée à l'eau ? N'aurait-elle pas risqué l'hydrocution ? Après tout, ça arrive à d'autres.

Elle reprit sa marche, pensive. Oui, ça valait

peut-être pour Simone Roch, mais les autres, Angélique Gouin et Albert Moraud ?

Maüer lui répondrait volontiers qu'elle n'était pas chargée d'enquêter sur leur disparition. Qui se souciait de deux vieux envolés dans la nature ? Alberte Martin ? Certes, mais l'ostréicultrice n'avait pas le poids de maître Roch pour pouvoir diligenter des recherches au sujet de son père. Quant à la nièce d'Angélique Gouin, qu'on retrouvât ou non sa tante devait bien être le cadet de ses soucis. Ce qui l'intéressait, elle, c'est qu'on la déclarât morte afin qu'elle puisse hériter en paix. Pour le reste...

De grosses masses sombres apparurent dans la brume. Mary était arrivée à la pointe de Rochebonne. C'est alors qu'il lui sembla entendre ce souffle rauque qu'elle n'avait pas oublié, ce bruit qui lui avait glacé les sangs un soir de vent et de pluie dans la vieille ville.

Instantanément, elle fut sur la défensive : elle escalada deux rochers et s'adossa dans une faille d'où on ne pourrait la surprendre par derrière.

Elle en était sûre, l'autre fou était là, avec ses chiens. Elle se sentit soudain couverte de chair de poule : cette fois, il n'y avait pas d'hôtel salutaire où se réfugier. Appeler au secours ? Dans ce brouillard la voix ne devait pas porter à vingt mètres.

Le mieux était de ne pas bouger, de faire le mort. Le ci-devant gardien de phares - si c'était lui qui était là, quelque part dans le brouillard - finirait bien par s'éloigner.

Mais non, les chiens devaient suivre sa piste.

Ses pas d'ailleurs étaient marqués dans le sable, inévitablement il allait venir jusqu'à elle. Elle sentit une sueur froide la glacer. Elle revoyait les affreux chiens, leur regard méchant, impitoyable. Elle entendait leur souffle rauque se rapprocher...

Alors elle sortit son revolver de son holster. C'était une arme peu usitée dans la police, un Ruger SP 101, calibre 38 spécial, plus petit et moins lourd que le Manhurin spécial police qui crachait du 357 magnum, mais c'était tout de même une arme redoutable.

Du regard, elle cherchait à trouer la brume là d'où provenaient les halètements, mais elle ne voyait rien. Et soudain elle n'entendit plus rien pendant quelques instants, puis ce fut un bruit de griffes sur le rocher.

Elle comprit alors que les chiens n'étaient plus en laisse, qu'ils couraient sur sa piste.

Elle réprima une envie folle de crier, puis elle tira la culasse de son arme en arrière pour faire monter une balle dans le canon, et, tenant les deux mains devant elle, elle attendit l'assaut. Jamais autant qu'en cet instant elle ne regretta d'avoir négligé les séances de tir. Si son copain de Quimper, le lieutenant Fortin avait été là, elle n'aurait pas donné cher de la peau des toutous.

Le petit Fortin, comme chacun l'appelait, mesurait un mètre quatre-vingt-dix. Il jouait au rugby le dimanche et avait connu quelques succès dans les rangs des amateurs comme boxeur poids lourd. En outre, au stand de tir, il déchiquetait le centre de sa cible en tirant d'une seule main, comme un cow-boy.

Mais Fortin n'était pas là et, d'un bond extraordinaire, le premier chien s'était hissé jusqu'à l'esplanade où était Mary. Elle aperçut sa silhouette dans le brouillard et n'attendit pas qu'il fût plus près : Bang! Bang! Elle tira deux fois et eut la surprise de voir la bête repartir en arrière en poussant un hurlement.

Ç'avait été un cri horrible, à nouveau Mary fut couverte de chair de poule. Il fallait que l'animal, dressé à être silencieux, fût sévèrement touché pour hurler de la sorte.

Pour autant, elle ne relâcha pas son attention. Elle n'oubliait pas que les fauves étaient deux, l'autre pouvait surgir à tout moment. C'étaient assurément des bêtes dressées au combat, probablement capables de ruse pour surprendre leur proie à l'improviste.

Elle entendit un sorte de sifflement à peine perceptible, puis plus rien. On n'y voyait toujours pas à dix mètres. La brume, en se déposant, perlait en minuscules gouttes d'eau sur le canon chromé du Ruger qu'on eût dit, à cet instant, fait d'argent mat.

Et quand, lasse de tenir son arme à bout de bras, elle la laissa pendre le long de sa cuisse, les fines molécules se regroupèrent et coulèrent comme une larme au bout du canon.

Il lui sembla que, insensiblement, la brume se faisait moins épaisse, que les bruits de la route lui parvenaient plus nettement. Dans le gris uniforme et cotonneux un rayon d'or passa, s'élargit, prit possession du sable, des rochers, de la mer. Et le brouillard s'en fut en larges écharpes évanescentes, comme ces suaires de fantômes que chasse la lumière du jour.

Et soudain ce fut le grand beau temps, avec un ciel entièrement dégagé, une mer plate et luisante, une étendue de sable pailleté d'or. Il n'y avait plus personne sur la plage. Mary ôta le chargeur de son revolver, fit sauter la cartouche qui se trouvait dans la chambre de l'arme, la renfonça et repositionna le chargeur dans la crosse. Elle n'usait jamais du cran de sécurité mais elle savait qu'il n'y avait pas de balle dans le canon de son arme. Pour l'armer, il suffisait d'actionner la culasse en arrière et de la laisser repartir. Ainsi elle était immédiatement prête à tirer.

Elle s'approcha du rocher où elle avait tiré sur le chien. En contrebas, sur le sable, il y avait des gouttes de sang. Elle descendit sur la plage et suivit les gouttes. A une vingtaine de mètres de là, il y avait des traces de piétinement, puis le sang disparaissait. Les traces remontaient vers la route.

Elle revint à la place piétinée. D'autres pas, venant du haut de la plage y menaient. Et puis une trace de pilon, comme si le marcheur s'était appuyé sur une canne. Enfin, des empreintes de pattes de chien profondément enfoncées dans le sable, comme si les bêtes avaient tiré une lourde charge.

Mary se souvint du halètement des deux bêtes. Leur maître avait dû les retenir fortement, on le devinait à la forme de ses empreintes dont les talons avaient profondément marqué le sable.

Elle se souvint de lui, dans la rue à Saint-Malo, avec son pen baz, penché en arrière pour retenir ses bêtes.

Ensuite, on voyait qu'il avait lâché les chiens. Quand ils avaient bondi, libres d'entraves, ils avaient fait de prodigieuses enjambées vers leur proie, en l'occurrence Mary, blottie dans sa faille de rocher.

Le premier à avoir escaladé le mur avait reçu une balle et son maître, qui s'attendait à tout sauf à ça avait immédiatement rappelé ses bêtes. Le singulier sifflement, à peine audible, provenait probablement d'un de ces sifflets à ultrasons dont usent les dresseurs professionnels.

Parfaitement dressés, les chiens étaient revenus au rappel. L'un d'eux, celui que Mary avait touché, perdant son sang en abondance ne pouvait plus marcher. Alors l'homme l'avait chargé sur son dos et était remonté vers la route.

Toute la scène se lisait dans le sable : il n'y avait plus qu'un chien tirant sur sa laisse et les pas de l'homme, lourdement chargé, s'enfonçaient bien plus que tout à l'heure.

Elle suivit les traces jusqu'à une large cale de pierre qui remontait vers la route et, sur le trottoir elle ne vit plus rien. En fouillant de droite et de gauche, elle trouva sur le bitume quelques gouttes de sang. A sa droite il y avait un bar, un hôtel, de l'autre côté de la route des immeubles si bien qu'elle eut l'impression d'être en pleine ville.

C'était invraisemblable, à deux cents mètres à peine d'une ville en pleine activité, elle avait été agressée par un chien, elle avait tiré deux coups de feu et personne ne s'en émouvait ! Le brouillard l'avait, à ce moment, coupée du monde mieux que n'importe quel rideau. Et, si les riverains avaient entendu deux détonations, ils avaient dû penser que c'étaient des gamins qui s'amusaient avec des pétards sur la plage.

Et, le fait que les traces de sang aient subitement disparu attestait que l'homme aux chiens était venu là en voiture et qu'il avait chargé ses bêtes, la vivante et la blessée (peut-être était-elle morte d'ailleurs) dans son coffre avant de s'en aller.

Elle jeta un regard sur les traces qui racontaient toute l'histoire de cette agression, puis, songeuse, revint à pas lents vers Saint-Malo.

Un coup de klaxon violent la fit tressaillir, une Xantia Citroën s'arrêta à sa hauteur dans un crissement de pneus malmenés et une voix éminemment désagréable glapit :

– Lieutenant Lester…

CHAPITRE XIV

– Meeerde ! s'exclama le lieutenant Lester, il ne manquait plus que ce clown !

Heureusement que le commissaire Rocca n'entendit pas cette appréciation peu flatteuse. Il gesticulait derrière son volant et Mary crut comprendre qu'il l'invitait à prendre place à ses côtés.

Elle s'approcha de la voiture avec sa mine la plus gracieuse :

– Bonjour, commissaire !

– Lieutenant Lester… éructa Rocca.

– C'est bien moi, dit-elle avec un nouveau sourire. Qu'est-ce qui se passe ?

– Il se passe… Il se passe… glapit Rocca penché vers la vitre ouverte sur le siège passager, il se passe que je vous cherche !

– Ah, vous aviez besoin de moi ?

– Besoin de vous… Besoin de vous… Ah, il s'agit bien de ça ! Il y a trois ans que je suis commissaire ici, et on s'est bien passé de votre présence jusqu'à ce jour !

Elle ouvrit la portière :

– Vous permettez que je m'assoie ?

Il s'efforça d'ironiser :

– J'allais vous en prier !

Elle s'assit confortablement et examina la voiture avec une moue approbatrice, comme si elle en appréciait le confort.

– Belle bagnole !

– Il s'agit bien de ça ! s'exclama de nouveau Rocca.

Elle se retourna et le regarda droit dans les yeux :

– Eh bien, qu'y a-t-il de cassé pour que vous soyez agité de la sorte ? Un nouveau mort ? Quelques disparus supplémentaires ?

Rocca regarda droit devant lui en inspirant ostensiblement pour montrer à l'insolente combien il prenait sur lui pour rester calme. Ses mains serraient si fort le volant que ses jointures étaient devenues toutes blanches.

– Mademoiselle Lester, je crois que vous envoyez le bouchon un peu loin…

– Qu'entendez-vous par là ? fit-elle, très mondaine.

– J'entends par là que vous ne vous êtes pas présentée au commissariat aujourd'hui !

– Ce n'est pas tout à fait exact, monsieur le commissaire, j'y suis passée en fin de matinée. J'y ai rencontré le lieutenant Maüer qui mettait à jour je ne sais quelles statistiques.

– Et depuis quand est-ce au lieutenant Maüer que vous devez rendre compte ?

– Je n'avais rien de nouveau à vous apprendre, donc je n'ai pas voulu abuser de votre temps.

– Vous avez dit au lieutenant Maüer que vous alliez vous promener à la plage !

– C'est vrai.

Elle le regardait avec de grands yeux candides.

– C'est d'ailleurs ce que j'ai fait, la preuve, vous m'y avez trouvée. En début d'après-midi ce n'était pas très drôle avec toute cette brume, mais maintenant c'est très agréable.

– Mademoiselle Lester, dit Rocca en s'efforçant au calme, est-ce que vous vous rendez compte que vous travaillez pour le compte d'une administration qui s'appelle la Police Française ?

– Comment l'oublier, commissaire, minauda-t-elle, vous me le rappelez à chaque instant.

– Et que la Police Française ne vous paye pas pour vous promener sur les plages ?

– En effet, dit-elle gravement, la Police Française me paye pour enquêter sur la mort suspecte de la citoyenne Simone Roch. Car, apparemment, la Justice Française n'est pas satisfaite de la manière dont une première enquête a été menée...

Le commissaire Rocca changea de couleur.

– Pouvez-vous me dire, monsieur le commissaire Rocca, où nous sommes ici ?

– Mais... sur la plage de Rochebonne, balbutia Rocca.

– Bien, dit elle, satisfaite. Et qu'a-t-on trouvé sur cette plage le 15 mars 1995 ?

Rocca la regardait, la bouche ouverte en O, comme un poisson qui manque d'oxygène.

– Je vais vous le dire, puisque vous semblez l'avoir oublié, monsieur le commissaire Rocca, on y a trouvé le corps de madame Simone Roch !

Rocca tenta de ricaner :

– Et vous cherchez sans doute des indices ?

– Je cherche ce qu'il y a à chercher, monsieur Rocca, et que vous n'avez pas su trouver.

– La marée... balbutia-t-il.

Mary tressaillit comme si une guêpe l'avait piquée :

– Nom de Dieu ! la marée !

Elle jaillit hors de la voiture et se précipita sur le remblai. Trop tard ! La marée montante avait déjà recouvert les traces de l'homme au chien. Elle aurait voulu photographier les empreintes gravées dans le sable.

Elle tapa du pied et gueula :

– Meeerde !

A son tour Rocca était sorti de la voiture, contemplant effaré le lieutenant Lester qui paraissait chercher les traces d'un crime vieux de huit mois sur un sable balayé par les flots deux fois par jour.

Il vint vers Mary et bredouilla :

– Vous avez une piste ?

– Oui, dit-elle doucement en le regardant dans les yeux. Mais je voudrais que ça reste entre nous.

– Comptez-y, dit il soudain attentif.

– Il y a un suspect...

– Un suspect... répéta-t-il dans un souffle.

– Ouais...

Elle se pencha vers lui :

– Ce serait une affaire de mœurs...

– De mœurs...

– Ouais...

– Par qui avez-vous eu le tuyau ?

– Des petits vieux de la maison de retraite.

Il se redressa, ne se moquait-on pas de lui ?

– Une affaire de mœurs à la maison de retraite ?

– Non. Les vieux de la maison des Corbières ont l'habitude d'aller faire une petite promenade le soir, dans les rues de Saint-Servan.

– Et alors ?

– Alors, ils ont remarqué un suspect, dans une voiture gris métallisé…

– Que fait-il ?

– Il rôde autour d'un magasin de lingerie…

Elle faillit éclater de rire en voyant la tête de Rocca, mais, parvenant à conserver son sérieux, elle demanda gravement :

– Vous ne trouvez pas ça bizarre, vous ?

– Beuh… Beuh… Beuh… bredouilla Rocca.

Et Mary faisant mine de ne pas remarquer son trouble lui glissa :

– Je vais planquer autour de ce magasin, cette nuit, et aussi longtemps qu'il faudra. J'ai emprunté un appareil muni d'un téléobjectif aux studios Alain, en ville close. Ils ont été très sympa, il paraît qu'avec un film ultrasensible, je pourrai photographier le client. Après, je pense que ce ne sera qu'un jeu d'enfant de le reconnaître et de l'identifier. Qu'est-ce que vous en pensez, monsieur le commissaire ?

– Beuh… Beuh… fit encore Rocca.

– Une bonne idée, n'est-ce pas ?

Elle s'élança sur le remblai :

– Ne me raccompagnez pas, je vais profiter du soleil et rentrer à pied.

Comme elle redoutait qu'il l'attendît à l'extrémité de la promenade, elle s'arrêta dans un salon de thé qui donnait sur la promenade.

C'était une délicieuse vitrine à l'ancienne à laquelle on accédait en montant trois marches. Au sol il y avait une moquette bleue; les tables et les chaises étaient en bois laqué blanc, comme les boiseries des murs.

Un couple de très vieilles personnes y prenait le thé. La dame avait un chapeau extravagant et, sous ce qui avait dû être un joli petit nez, une toison folâtre lui dessinait une moustache noire, le monsieur portait la rosette de la Légion d'honneur sur une veste sombre et arborait une moustache blanche.

La dame dégustait un baba au rhum avec des mines gourmandes, le monsieur sirotait un verre de porto à petites gorgées.

Mary leur sourit, ils étaient attendrissants. Depuis combien de temps vivaient-ils ensemble, ceux-là, pour se ressembler de la sorte?

Ce fut un quinquagénaire en chemise blanche et pantalon noir qui vint prendre sa commande. Mary demanda un thé et une frangipane, et, en attendant sa collation, fit quelques pas, examinant les gravures accrochées aux murs.

Quand le serveur revint, elle lui demanda si l'établissement faisait aussi restaurant.

– Non Mademoiselle, il y a le salon de thé, et l'hôtel sert, bien sûr, les petits déjeuners.

– Ah, vous faites hôtel, s'exclama-t-elle. Actuellement, avez-vous des chambres libres sur la mer?

– Bien sûr, dit l'homme, à cette saison c'est plus commode à trouver qu'en été.

– Pouvez-vous me donner une carte de la maison?

– Bien sûr…

Mary régla sa dépense et repartit vers Saint-Malo. Elle n'excluait pas du tout de changer d'hôtel et la situation des « Ambassadeurs » - c'était le nom de l'hôtel - lui convenait tout à fait.

CHAPITRE XV

En rentrant de sa promenade, Mary Lester regagna directement sa chambre. Après sa marche le long de la plage, sous un si beau soleil, elle considéra sans enthousiasme sa petite chambre donnant sur les remparts et elle eut soudain l'impression d'être en prison.

On était en hiver et, dès cinq heures, il devenait nécessaire d'allumer l'électricité. D'ailleurs, à vrai dire, l'électricité était indispensable pour lire, même en plein jour.

Elle décida soudain qu'elle en avait assez de cet univers de pierre dans lequel elle ressentait une vague claustrophobie et qu'elle serait tout aussi bien sur le Sillon, face à la mer.

Sans plus attendre, elle sonna la réception et demanda qu'on lui préparât sa note pour le lendemain matin.

Puis, cette disposition prise, elle resta plantée devant sa fenêtre, les yeux dans le vague. Enfin, elle sortit son revolver de son étui et le posa sur la table. Elle en fit jaillir le chargeur, ôta la balle qui était dans la chambre et passa l'écouvillon dans le canon. Enfin, elle fit coulisser un chiffon gras dans ce même canon et remit deux balles dans le chargeur, pour remplacer celles qu'elle avait tirées.

Ainsi elle était parée. Elle avait appris à apporter un soin extrême à son arme, et avait pu constater à plusieurs reprises, et aujourd'hui même, que cela pouvait être extrêmement utile.

Puisque, pour une nuit encore, elle était dans les vieux murs, elle sortit. Il pouvait être six heures, la nuit commençait à tomber mais les rues étaient toujours animées. Les terrasses des cafés éclairaient les rues sombres et on voyait des clients palabrer aux comptoirs.

Elle était passée par la rue de la Corne de Cerf, puis elle avait traversé la place de la Poissonnerie pour revenir par la rue Sainte-Marguerite jusqu'à la place Guy-La-Chambre.

Les restaurants avaient sorti leurs porte-menus, les nappes blanches attendaient les clients. Quand elle passa par la rue Saint-Thomas pour récupérer sa voiture, Mary aperçut une pancarte au coin d'une rue traversière : Venelle aux Chiens. Elle s'arrêta. C'était donc là qu'habitait Xavier Diès, qu'elle avait baptisé « l'homme aux chiens », celui qui, probablement, avait lâché ses fauves sur elle l'après-midi même, sur la plage de Rochebonne.

La venelle était un passage étroit, peu ragoûtant, qui faisait la liaison entre la rue Garengeau et la rue Saint-Thomas.

A deux pas de la superbe place Chateaubriand, il était difficilement concevable que la municipalité laissât cette venelle dans un tel état d'abandon.

Une demi-douzaine de poubelles vertes montées sur roulettes y assuraient la garde, sentinelles malodorantes. Trois ou quatre magasins aux vitrines condamnées par des planches offraient leurs façades aveugles aux rares passants qui s'aventuraient dans ce boyau.

Outre l'odorante présence des poubelles, la venelle devait servir de pissotière aux visiteurs de la vieille ville car une forte senteur d'urine prenait aux narines. Ça devait être agréable l'été, par grandes chaleurs!

Au milieu du passage, il y avait une porte qui semblait servir de temps en temps. Les autres seuils n'avaient pas dû être franchis depuis des lustres. Mary s'y arrêta : il n'y avait pas de sonnette, pas de nom. Au-dessus, pour autant que l'étroitesse de la venelle permettait de se reculer, on apercevait quelques fenêtres aux vitres maculées de poussière.

Elle sortit par la rue Saint-Thomas avec un indicible sentiment de malaise, en se retournant fréquemment. Si elle devait aller enquêter là-dedans, il faudrait que Rocca lui prête des renforts. Pour rien au monde elle ne s'y risquerait toute seule.

Ce fut à la Poterne aux Normands qu'elle aperçut l'homme aux chiens. Il descendait la rue du Château Gaillard avec ses deux bêtes en laisse. Elle s'immobilisa entre deux voitures pour le regarder passer.

Il avait toujours ses deux chiens! Ce n'était donc pas lui qui était, cet après-midi sur la plage de Rochebonne. Elle était certaine d'avoir grièvement blessé une des bêtes, son hurlement de douleur ne laissait pas de place au doute.

Cependant, dans la brume, elle n'avait vu qu'une vague silhouette et elle n'avait pu reconnaître avec certitude l'animal qui s'était rué sur elle. Marquée par sa rencontre avec Xavier Diès, elle s'était imaginée tout naturellement que c'était lui qui était sur la plage.

Mais si ça avait été lui, en bonne logique il aurait dû n'avoir qu'un chien, puisqu'elle avait touché l'autre. Et elle en était sûre, puisque non seulement elle l'avait entendu gueuler de douleur, mais aussi qu'elle avait vu, de ses yeux vu, les traces sanglantes sur le sable.

Et pourtant, les deux chiens étaient bien là, plus ingambes que jamais, avec leur maître s'appuyant toujours sur son pen baz.

Mary eut le temps de mieux les voir : c'étaient véritablement de curieuses bêtes, pas très hautes, au poil ras et dru, d'un blanc grisâtre, avec une tête longue et forte, en forme de ballon de rugby, des oreilles courtes pointant vers le ciel, une mâchoire inférieure pendante, garnie de longues dents blanches, acérées.

Des chiens, Mary en avait vu, de plus grands, de plus gros, de plus imposants. Mais jamais elle n'avait eu cette sensation de puissance, de vitalité sauvage, d'agressivité sans frein.

Leurs yeux noirs, profondément enfoncés dans l'orbite, brûlaient d'un feu intérieur qui devait remonter aux origines de la race, quand on les avait contraints, pour survivre, à des besognes inavouables.

En passant devant l'hôtel, l'homme aux chiens se retourna vers la porte comme s'il s'attendait à y trouver Mary et, bien qu'elle fût à distance, elle put voir son visage se tordre en un mauvais rictus, un méchant sourire qui lui fit froid dans le dos. Un sourire dans lequel il y avait du défi et de la menace.

Elle se recula instinctivement puis, quand il eut tourné par la rue Chateaubriand, elle se lança sur ses traces.

L'homme allait bon train, entraîné par ses bêtes qu'il avait toujours du mal à contenir. Il n'eut qu'une centaine de mètres à parcourir pour arriver à la place Chateaubriand.

Devant lui les passants s'écartaient avec frayeur et il semblait s'en amuser. Par moment il donnait du mou à sa corde et les bêtes s'élançaient ; alors, penché en arrière, arc-bouté sur son pen baz, il les retenait en grondant.

Les fauves - comment les appeler autrement - à demi étranglés, avaient ce grondement rauque et effrayant de carnassiers privés de leur proie.

Au pied des grands arbres de la place Chateaubriand, quelques routards s'étaient assis pour casser la croûte.

Eux aussi avaient des chiens, mais des bâtards de misère, de pauvres bêtes craintives qui n'avaient d'autre rôle que de procurer une compagnie affectueuse à ces pauvres hères et à leur tenir chaud la nuit.

L'homme aux chiens se dirigea résolument vers eux. Quand les routards le virent arriver, on les sentit immédiatement sur le qui-vive. Leurs chiens se ramassèrent derrière eux, la queue entre les jambes.

Xavier Diès bloqua ses bêtes à deux mètres du groupe et ils restèrent un moment sur leurs deux pattes de derrière, tétanisés, grondants, bavant, véritablement impressionnants.

– Vous êtes encore là, grinça l'homme aux chiens, je vous avais dit que je ne voulais plus vous voir !

Il avait une voix rauque, agressive, déplaisante.

– Eh quoi, dit l'un des routards, la ville n'est pas à toi, que je sache !

En l'entendant, Diès rendit un demi-mètre de corde à ses fauves. Ils bondirent en avant ; l'homme blêmit et rompit d'un pas. Lui donner un âge eût été difficile. Il portait un bonnet de laine bleue et ses joues étaient hérissées d'une barbe de plusieurs jours. Son parka kaki n'était pas de toute première fraîcheur, mais son sac à dos, posé à ses pieds, était empaqueté avec une rigueur toute militaire.

– Barrez-vous, gronda Diès, barrez-vous où je lâche mes chiens.

Mary s'était approchée :

– De quel droit menacez-vous ces gens, Monsieur ?

Elle avait parlé d'une voix calme, mais d'une voix qui portait.

Diès se retourna vers elle, l'œil mauvais :

– De quoi je me mêle ?

Mary répondit tout aussi calmement :

– Et vous-même, de quoi vous mêlez-vous ? Que vous ont-ils fait pour que vous les agressiez de la sorte ?

Les routards se regardaient, perplexes. Ce ne

devait pas être souvent qu'on venait à leur secours.

– C'est tout voleur et compagnie, gronda Diès, des crasseux qui ne servent à rien !

– Et vous, êtes-vous bien sûr de servir à quelque chose ?

Diès ricana, méchant :

– Je sers au moins à virer ces crapules !

Mary ne s'énervait pas, mais sa voix se faisait plus froide, plus coupante :

– S'il y a quelqu'un à qui ce qualificatif convient, il me semble que c'est à vous.

L'altercation avait pris un tour tel qu'un groupe de badauds s'était assemblé autour d'eux, empiétant sur la chaussée. Mais, impressionnés par les chiens, les spectateurs se tenaient prudemment à l'écart.

Alors un gyrophare bleu troua la nuit, des portières claquèrent et deux agents fendirent la foule :

– Qu'est-ce qui se passe ici ?

– Ce monsieur, dit Mary en montrant Diès du doigt, se permet d'agresser les gens dans la rue avec ses chiens…

– Et qui a-t-il agressé ? demanda le gardien.

– J'ai agressé personne, ricana Diès, mal à l'aise.

En voyant les flics rappliquer, les routards avaient prestement ramassé leurs sacs et, leurs chiens sur les talons, s'étaient défilés par la porte Saint-Thomas.

– Des marginaux qui étaient là avec leurs chiens. Ils viennent de partir.

– Quelqu'un s'est-il plaint ? demanda le flic.

– Moi je me plains, dit Mary.

– Et de quoi s'il vous plaît ?

Le ton du flic devenait déplaisant.

– De ce qu'on laisse ce type balader des chiens aussi dangereux en ville.

– Ces chiens sont en laisse, Madame, dit le flic avec un frémissement d'impatience dans la voix, frémissement qui laissait entendre que cette souris commençait à lui casser les pieds.

– Et alors, ils n'en sont pas moins dangereux ! Ce monsieur se permet d'en menacer les gens qui n'ont pas l'heur de lui plaire.

Le flic tapotait de la semelle, la tête baissée comme quelqu'un qui sent l'impatience le gagner et qui ne sait pas encore le parti qu'il convient de prendre. Dans ces cas-là, les vieux réflexes reviennent comme par enchantement.

– Vos papiers s'il vous plaît, dit-il d'un ton rogue.

Mary manqua de suffoquer :

– Mes papiers…

– Ouais, vos papiers, répéta le flic.

Elle mit la main à la poche et il lui sembla que son cœur avait un raté. Nom de Dieu, ses papiers, elle les avait posés sur sa table, à l'hôtel… Ils y étaient restés, assurément !

– Je ne les ai pas, dit-elle d'une voix blanche. Ils sont restés à mon hôtel.

A quatre pas de là, Diès rigolait ouvertement. Elle sentit la colère la gagner :

– Et à lui, vous ne lui demandez pas ses papiers ?

– Pas la peine, dit le flic d'une voix traînante, on le connaît. Veuillez monter dans la voiture, s'il vous plaît.

Elle regimba :

– Mais...

– Vous voulez qu'on vous porte ? dit le flic, le mufle mauvais.

Le cercle des badauds qui s'était élargi se regroupa. Diès lui, s'éloignait et rentrait paisiblement chez lui. Il n'y avait rien d'autre à faire qu'obtempérer. Elle monta à l'arrière de la voiture.

– Où m'emmenez-vous ? demanda-t-elle.

– Au commissariat. Vérification d'identité.

– Arrêtez-moi à mon hôtel, je vous les donnerai mes papiers.

Le brigadier ne voulut rien savoir :

– Au commissariat, ordonna-t-il au chauffeur.

La voiture traversa quatre rues et s'arrêta place des frères Lamennais. Mary suivit les deux flics sans mot dire. Devant cette docilité, le chauffeur crut bon d'ironiser :

– Tiens, on ramène moins sa grande gueule maintenant, on dirait.

Elle le fusilla d'un regard noir, ce qui le fit rigoler.

« Rigole, pensa-t-elle, tu rigoleras moins tout à l'heure ! »

En attendant, elle était furieuse contre le monde entier, et en particulier contre elle-même. Si elle avait eu ses papiers...

Le brigadier s'était assis derrière sa machine à écrire. Pour plus de commodité, il avait repoussé sa casquette en arrière et desserré son nœud de cravate. Le chauffeur lui apporta une Kronenbourg qu'il déboucha à l'aide d'une règle en fer, en faisant levier sur son pouce, avec une dextérité qui en disait long sur sa pratique de ce genre d'exercice. Il but une longue gorgée au goulot, réprima un rot et se tourna enfin vers Mary.

– Nom ?

– Lester.

Elle épela :

– L.E.S.T.E.R.

– Prénom ?

– Mary.

– Profession ?

– Lieutenant de police.

Tout appliqué à taper avec deux doigts, le flic ne réalisa pas tout de suite. Ayant enregistré il se figea puis il leva lentement les yeux sur Mary.

– Vous avez dit ?

– J'ai dit « lieutenant de police ».

– Lieutenant de police, répéta le brigadier stupidement, où ça ?

– Ici.

– Ici ? à Saint-Malo ?

– Ouais ! Bureau du lieutenant Maüer.

– Vous connaissez Maüer ?

– Et comment, puisque je partage son bureau !

Le flic siffla doucement entre ses dents, puis, ayant repris son souffle, il demanda :

– Depuis quand ?

– Depuis trois jours.

– Je ne vous ai jamais vue !

Puis son œil se fit soupçonneux :

– Qu'est-ce que c'est que ces salades ?

– Ces salades mon vieux, dit-elle, vous vous les seriez épargnées si vous aviez bien voulu m'accompagner à mon hôtel pour que j'y prenne mes papiers d'identité.

Il eut un bref ricanement :

– S'il fallait accompagner à leur hôtel tous ceux qui oublient leurs papiers... Si vous êtes officier de police vous devez savoir que vos papiers sont exigibles en tous temps.

– Et alors, protesta-t-elle, vous n'oubliez jamais rien, vous ?

– Eh eh... N'inversons pas les rôles s'il vous plaît, c'est vous qui êtes en défaut, pas moi.

– Parce que vous, vous êtes parfaitement clair.

– Jusqu'à preuve du contraire, oui.

– Et ça ? dit-elle en montrant la bouteille de bière.

– Ça quoi ?

– Cette bouteille... C'est pas de l'alcool par hasard ?

– De la bière... Sept degrés.

– Six, sept ou huit degrés, quelle importance... Relisez votre règlement, ou demandez à votre patron s'il est recommandé de boire de l'alcool pendant les interrogatoires.

Le flic la considéra, inquiet, puis il se leva et s'en fut vers le planton de garde à l'accueil :

– Tu sais où est Maüer ?

– Chez lui je suppose, il est de repos aujourd'hui.

– Appelle-le !

Mary attendait, impassible, sûre de son fait. En attendant sa communication, le brigadier la regardait du coin de l'œil.

– Allô, dit enfin le brigadier, Maüer ? Je te dérange ? Désolé ! Ecoute, nous avons arrêté une fille qui faisait du scandale sur la rue… Elle prétend s'appeler Mary Lester, être lieutenant de police et partager ton bureau… C'est bidon ? Tu ne l'as jamais vue ! Je m'en doutais… Elle a une drôle d'allure… Ouais, elle était avec les marginaux qui font la manche près des portes… O. K… Salut…

Mary était devenue toute blanche.

– Le salaud, siffla-t-elle.

Le brigadier revenait, tout faraud :

– Tss, Tss, Tss, on ne parle pas comme ça d'un vrai lieutenant de police. Et maintenant, si tu nous disais ton nom, ton vrai nom ?

Son ton goguenard et le tutoiement n'auguraient rien de bon. Ostensiblement, il avait repris la canette de bière et il but longuement.

Mary réfléchissait à cent à l'heure. Elle s'était fourrée dans un mauvais cas et cet âne bâté n'allait pas la lâcher de sitôt. Mais qu'est-ce qui lui avait pris à ce salaud de Maüer ?

– Alors, insista le brigadier, ce nom, ça vient ?

Et, devant le mutisme de la jeune femme :

– Il te faut peut-être une paire de calottes pour te décoincer ?

– Je vous en dissuade fortement, dit-elle d'une voix glaciale en le regardant droit dans les yeux.

– Bon, fit-il paterne, eh bien tu vas passer une nuit au bloc, et peut-être que demain tu auras retrouvé ta langue.

Il contourna le bureau, la prit par le bras et la mena à l'arrière du commissariat, devant une porte rébarbative, close par un gros verrou extérieur.

– Vous n'allez pas… dit-elle horrifiée.

– Eh si ma petite, c'est fait pour ça !

Quand elle sentit la porte de la geôle se fermer dans son dos, quand elle entendit le verrou glisser dans sa gâche, elle se laissa tomber sur la banquette de bois, effondrée.

En tôle ! Elle était en tôle ! Par la faute de cet âne bâté de flic et de ce salaud de Maüer. Une rage froide l'envahit puis elle s'efforça de respirer longuement, calmement pour retrouver sa lucidité.

Allaient-ils la garder là toute la nuit ? Ils ne lui avaient pas ôté ses lacets ni sa ceinture et ses objets personnels comme cela doit se faire pour une garde à vue. Peut-être allaient-ils se renseigner avant de la boucler pour la nuit.

De temps en temps, le judas jouait et un gardien regardait si tout se passait bien.

Elle s'imagina l'humiliation qu'elle subirait si, demain matin, Rocca la découvrait là-dedans. A cette idée, elle sentait de nouveau une rage froide l'envahir. Elle imaginait les sarcasmes qu'elle devrait subir et, cette fois, l'enquête lui serait retirée.

Et, tout à coup, la lumière se fit, l'éblouissant et une voix enjouée se fit entendre :

– Eh bien Mary, qu'est-ce que tu fous là-dedans ?

C'était la voix du lieutenant, c'était bien sa longue figure là, derrière le judas.

La porte s'ouvrit sur un Maüer hilare et un brigadier dans ses petits souliers.

– Ah, s'exclama-t-il avec jubilation, j'aurais vu ça, j'aurais vu la célèbre Mary Lester en geôle !

C'est une expérience hein, ma grande!

Le brigadier balbutiait des excuses :

– Faut comprendre, lieutenant, je ne pouvais pas savoir…

Mary ne l'écoutait pas, après tout ce n'était pas de sa faute. Mais à ce grand imbécile de Maüer, non, elle n'était pas près de pardonner.

Elle se leva lentement et demanda au brigadier :

– Je suis libre?

– Bien… Bien… Bien sûr, bredouilla-t-il.

Et Maüer toujours hilare :

– Eh bien, on n'embrasse pas son libérateur?

Elle s'approcha de lui, souriante. S'il l'avait mieux connue, il se serait méfié. Mais il avait l'orgueil stupide des grands mâles qui croient qu'on peut impunément tout faire aux petites jeunes filles.

Quand elle fut à bonne distance, elle remonta le genou brusquement entre les jambes de Maüer selon une technique qui avait fait ses preuves. Le lieutenant se cassa en deux en poussant un hurlement de douleur. Alors, profitant qu'elle avait ses joues à portée, elle lui assena une baffe qui résonna comme un coup de fouet sur les murs gris du local disciplinaire.

Se tournant alors vers le brigadier effaré, elle lui dit très aimable en montrant la porte ouverte de la cellule :

– Vous ne pouvez pas savoir ce que ça fait comme bien!

Le brigadier recula instinctivement d'un pas. S'attendait-il à subir le même sort que Maüer? Celui-ci, cassé en deux, tâchait de retrouver sa respiration. Mary inspira fortement et jeta au brigadier en montrant la porte du cachot qui était restée ouverte :

– Allongez-le, là-dedans, je crois qu'il a besoin de repos.

Puis elle sortit aussi dignement qu'elle le put. En franchissant la porte du commissariat, elle regarda sa paume de main rougie qui cuisait. Jamais elle n'avait frappé quelqu'un avec cette violence.

CHAPITRE XVI

Mary avait abandonné sans regrets son hôtel « intra muros ». Elle s'y sentait trop à l'étroit et elle trouvait dommage d'être si près de la mer et de n'avoir pour toute perspective qu'une muraille de pierre quand elle ouvrait sa fenêtre.

En partant, elle avait fait un clin d'œil aux pirates sur l'affiche et n'avait même pas pris le temps d'avaler son petit déjeuner.

L'hôtel des Ambassadeurs se trouvait sur le Sillon, à peu près au milieu de la plage qui va de Saint-Malo à la pointe de Rochebonne. Côté rue, l'hôtel était un immeuble comme les autres, fraîchement repeint et soigneusement entretenu. La chambre qu'on lui attribua n'était pas très grande, mais elle donnait sur le large et avait même un balconnet sur lequel il était possible de disposer deux chaises et une petite table. La saison ne se prêtait guère aux petits déjeuners à l'extérieur, mais aux beaux jours, ça devait être bien plaisant.

Après avoir déposé ses affaires, elle prit son café dans la belle salle vitrée qui donnait sur la promenade, face à la mer.

Les boiseries étaient peintes en blanc, les murs

laqués en coquille d'œuf et on marchait sur une moquette bleue soigneusement peignée. Les meubles étaient également laqués en blanc et les chaises recouvertes de tissus à fleurs.

Des baffles invisibles diffusaient un fond de musique classique très discrète.

Elle savoura son café sans se presser, et, quand elle eut fini, il était dix heures. Elle monta dans sa voiture et se dirigea vers le commissariat.

*

Avant même que l'agent de permanence n'ait ouvert la bouche, elle aurait pu dire mot à mot ce qu'il allait lui annoncer : « le commissaire vous attend ! »

Elle monta allégrement vers le bureau du principal Rocca. Cette fois la porte était grande ouverte et Rocca l'attendait debout devant la fenêtre :

– Ah, vous voilà !

– Me voilà...

Elle le trouva morne, sans entrain. Ce n'était que passager, il redevint tout de suite agressif.

– Où étiez-vous passée ? Voilà deux heures que je cherche à vous joindre !

Elle ne s'en offusqua pas.

– Du nouveau ? demanda-t-elle d'un ton léger.

Il haussa les épaules, ce n'était pas la réponse qu'il attendait, et c'était clair, il n'aimait pas être interrogé.

– Vous n'étiez pas à votre hôtel !

C'était une accusation.

– Si, dit-elle.

– Comment ? J'ai téléphoné quatre fois, on m'a dit que vous étiez partie.

– En effet… J'en ai changé.

Il la regarda sans comprendre :

– Changé de quoi ?

– Eh bien, d'hôtel !

– Vous avez changé…

–… D'hôtel, oui Monsieur !

– Quand ça ?

– Ce matin à huit heures quinze.

– Vous auriez pu me prévenir !

– Si je l'avais su, je l'aurais certainement fait. J'ai décidé ça en me levant.

Rocca tenta de persifler :

– Comme ça ?

– Comme ça, reprit-elle imperturbable. Le temps de ranger mes affaires, de payer ma note et de trouver un autre hôtel…

– Serait-il indiscret de vous demander l'adresse de votre nouveau domicile ?

– Pas du tout. C'est l'hôtel des Ambassadeurs sur le Sillon. Voici la carte avec l'adresse et le téléphone.

– Merci, dit Rocca en retournant s'asseoir derrière son bureau.

– Et… peut-on savoir ce qui vous a déterminée à changer de crémerie ?

Elle eut une envie formidable de lui répondre : « En quoi cela vous regarde-t-il ? » mais elle se retint.

– Tout simplement, je voulais voir la mer de ma chambre…

Rocca prit un air entendu qu'elle interpréta comme : « encore une lubie de bonne femme! » puis il haussa les épaules, désapprobateur.

– Lieutenant, dit-il enfin, il m'a été rapporté que vous avez eu hier soir une altercation en ville…

Il laissa traîner sa phrase pour lui laisser le temps de fournir les explications qu'il attendait.

– Altercation est un bien grand mot, dit-elle, en fait je me suis indignée de l'attitude d'un type qui balade deux chiens féroces dans les rues de la ville. Je l'ai vu, sous mes yeux, agresser un groupe de pauvres hères qui n'avaient d'autre tort que de casser la croûte au pied d'un arbre près de l'entrée de l'hôtel de ville.

– Les a-t-il vraiment agressés ?

– Physiquement non, mais verbalement oui.

– Vous connaissiez ces types qui cassaient la croûte, comme vous dites ?

– Non.

– Alors, pourquoi vous en êtes-vous mêlée ?

Elle le regarda interdite :

– C'est vous qui me demandez ça ?

– C'est moi !

– Mais Monsieur, je suis officier de police et, quand je vois une agression, quelle qu'elle soit, il est de mon devoir de m'y opposer ! Et l'assistance à personne en danger ?

– Ces personnes, comme vous dites, étaient-elles véritablement en danger ?

Visiblement, pour le commissaire Rocca, des misérables qui crevaient de faim dans la rue ne méritaient pas le nom de « personnes ». Elle sentit sa rogne la reprendre :

– Si un abruti, avec deux chiens féroces, en laisse, je veux bien vous l'accorder, venait vous sommer de déguerpir quand vous faites un pique-nique en famille, ne vous sentiriez-vous pas en danger ?

Il s'emporta :

– Il s'agit bien de pique-nique en famille !

Que Mary ait pu assimiler sa famille à ces crève-la-faim lui parut insupportable.

Il gronda :

– Lieutenant Lester, Saint-Malo est une ville touristique et toute l'année, nos visiteurs sont importunés par ces mendiants qui s'étalent aux coins des rues avec des chiens menaçants et, contrairement à ceux de Xavier Diès, ils ne sont pas souvent en laisse. Croyez-vous que ce soit supportable ?

– Je ne sais pas, Monsieur, je n'ai pas été confrontée au problème, mais dans le cas qui nous préoccupe, je vous certifie que le groupe qui a été agressé, et je maintiens le terme, était paisible et ne menaçait personne. Maintenant, il semble, puisque vous l'appelez par son nom, que vous connaissiez bien ce Xavier Diès.

Le commissaire soupira, accablé.

– Lieutenant Lester, ces marginaux qui envahissent les rues sont une de nos préoccupations majeures. Or il se trouve que, depuis que Xavier Diès patrouille dans les rues avec ses chiens, il y en a moins.

– Donc, Xavier Diès vous rend service !

– Exactement ! Xavier Diès est employé par une société de gardiennage... Je vous l'accorde, il est un peu… comment dire… bizarre. Les vingt ans qu'il a passés en solitaire en haut d'un phare, sur un roc battu par les flots n'ont pas dû l'arranger. Mais, son patron me l'a dit, c'est un dresseur de chiens extraordinaire.

– Et qui est son patron ?

– Monsieur Marcellin, directeur de la DPB, Défense et Protection des Biens.

– Et on le trouve où, ce monsieur Marcellin ?

A nouveau, Rocca se fit persifleur :

– Parce que vous allez l'interviewer, lui aussi.

– A l'occasion, pourquoi pas ? dit-elle imperturbable. A propos, pas de nouvelles du satyre qui rode à Saint-Servan ?

Rocca se rassombrit :

– Non ! dit-il sèchement.

Elle sortit du bureau en riant sous cape. Restait à aller voir si Maüer avait récupéré la totalité de ses moyens.

Quand elle le vit, elle fut effarée. Elle ne pensait pas avoir cogné si fort. L'œil gauche du malheureux était entouré d'un halo violâtre. Il la fixa avec rancune et peut-être aussi un peu de crainte.

– Maüer, lui dit-elle, je te dois des excuses.

Et, après un silence, elle ajouta :

– Mais tu m'en dois aussi.

Et, comme il ne disait rien, elle ajouta :

– Si tu n'avais pas commencé à déconner, rien de tout ça ne serait arrivé.

– Et si tu avais été un mec, dit Maüer, je t'aurais mis une tête…

– Si tu n'en as pas eu assez, dit-elle, tu peux toujours essayer…

Elle le défiait du regard, et lui, méfiant, la considérait comme un phénomène loin duquel il convient de se tenir. Ce fut elle qui parla la première :

– Maintenant, la sagesse voudrait qu'on enterre la hache de guerre en considérant qu'on est quittes…

– Et ça, dit-il en montrant son œil, qu'est-ce que j'en fais ?

– Tu attends que ça passe, mon vieux, et chaque fois que tu te regarderas dans ta glace, tu te diras qu'il y a des plaisanteries qu'il vaut mieux éviter. Bon, on en reste là ou quoi ?

Elle lui tendait la main. Il finit par la prendre, sans chaleur, et Mary se dit qu'il serait bon qu'elle se méfie. Maüer était de la race des rancuniers.

*

Hubert Marcellin, de la Société DPB (Défense et Protection des Biens), avait ses bureaux sur la zone portuaire, parmi les entrepôts de marchandises dont il assurait la surveillance.

C'était un quinquagénaire aux tempes grisonnantes, aux cheveux ras, coupés en brosse, qui paraissait prendre goût à jouer les flics américains. Il reçut Mary sans la faire attendre.

– Voici donc le célèbre lieutenant Lester…

– Le commissaire Rocca vous a annoncé ma visite ?

Il eut un rire bref.

– Oui. Voyez-vous lieutenant, avant de créer cette boîte de surveillance, j'ai moi aussi appartenu à la grande Maison. Je sais donc ce qu'on peut faire et ce qu'on ne peut pas faire, jusqu'où on peut aller et jusqu'où il ne faut pas aller.

Elle enregistra l'avertissement. Marcellin paraissait jouer cartes sur table mais en deux phrases, il avait délimité son territoire : un, il avait des copains chez les flics, deux il ne se laisserait pas marcher sur les pieds surtout par une nana.

– Quelle est votre activité principale, monsieur Marcellin ?

– Tout est dit dans notre raison sociale : Défense et Protection des Biens. Nous avons pour clients des commerçants, des industriels, mais aussi des particuliers. Vous savez comment ça se passe, quand une alarme se déclenche chez un de nos abonnés, deux de nos agents interviennent immédiatement.

– Sont-ils armés ?

– Non. Ce sont des spécialistes des arts martiaux, voire pour certains anciens militaires, des spécialistes du close combat. Leur fonction n'est pas de procéder à des arrestations mais de prévenir la police officielle quand c'est nécessaire.

– Vous employez également un nommé Xavier Diès.

– Oui.

– C'est un spécialiste du close combat, lui aussi ?

– Non, c'est un spécialiste des chiens. D'ailleurs, son rôle est différent de celui de mes autres agents. Il patrouille la nuit sur les docks.

– Il y a des vols sur les docks ?

Marcellin eut un petit rire déplaisant :

– Il y a des vols partout où il y a à voler ! Ce n'est pas à vous que je vais apprendre ça.

– Et monsieur Diès fait bien son travail ?

– Parfaitement bien. Il a des chiens redoutables, tous les rats de cale de la région le connaissent et l'évitent.

– Connaissez-vous la race de ses chiens ?

– Ce sont des bull-terriers, il me semble.

– Ne les appelle-t-on pas également « pit bulls » ?

– Peut-être, fit Marcellin avec indifférence. Mais peu m'importe leur race, tout ce que je demande, c'est qu'ils soient efficaces, et ils le sont.

– Vous savez que le pit-bull est un chien éminemment dangereux ?

Marcellin eut de nouveau ce petit rire agaçant :

– Et patrouiller la nuit dans les docks, vous croyez que c'est une partie de plaisir ? Les types qui y vont savent qu'ils n'ont rien à y faire. Alors, s'ils se font mordre les fesses… Comptez pas sur moi pour pleurer sur leur sort.

– Et s'il se produisait un accident ?

– Nous sommes assurés…

Il la regardait en souriant, fort de ses certitudes, les bras croisés sur son blouson en daim, l'air suffisant.

– Ça sera tout ?

– Non… Un mot encore… Xavier Diès patrouille volontiers dans les rues de Saint-Malo, je veux dire « intra-muros ». C'est également dans ses attributions au sein de votre société ?

– Non, il fait ça à titre bénévole…

Il décroisa les bras et s'accouda à son bureau,

jouant avec un lourd briquet doré. Puis il prit une cigarette blonde dans un coffret et l'alluma en prenant tout son temps. Enfin, il jeta une bouffée de fumée au plafond.

– La fumée ne vous dérange pas ?

Mary avait l'impression d'assister au tournage d'une mauvaise séquence d'un film de série B, là où le « privé » fait son numéro à l'héritière en larmes qui vient quérir son secours.

Elle secoua la tête négativement et Marcellin reprit, sans se presser :

– Voyez-vous lieutenant, ce Diès est un drôle de type. Je ne sais si ça vient de son ancien métier - il était gardien de phare - mais ici il ne parle à personne. C'est un solitaire, il ne se plaît qu'en compagnie de ses chiens. Je vous l'ai dit, il est affecté à la surveillance des docks. C'est un travail de nuit. Il embauche à minuit et finit à six heures. Ce qu'il fait du reste de son temps, ce n'est pas mon affaire. Je suppose qu'il doit rentrer chez lui dormir. Ensuite, il est possible qu'il sorte ses chiens en ville. C'est probablement là que vous l'aurez vu.

– Combien a-t-il de chiens ?

– Deux. Enfin, je ne l'ai jamais vu qu'avec deux chiens… Diès est d'une vieille famille malouine, il est tout imprégné de l'histoire de la ville. Lui qui n'est guère loquace, devient intarissable dès qu'il s'agit de Saint-Malo et de son histoire. En promenant ses deux clébards le soir, il s'imagine qu'il perpétue la tradition des dogues de Saint-Malo.

Marcellin eut un rire bref. De la cendre tomba sur son pantalon, il la chassa d'un revers de main.

– C'est un doux dingue. Si je me souviens bien de ce qu'il m'a dit, autrefois ce n'était pas un type avec deux chiens qui patrouillait, mais bien deux douzaines de dogues féroces qui étaient lâchés dans les douves. Enfin, si ça peut lui faire plaisir, ça ne fait de mal à personne.

Mary se garda bien de lui dire qu'elle n'était pas du tout de cet avis.

CHAPITRE XVII

L'après-midi elle traîna sur les docks. L'ensemble portuaire était important. Sur les quais de gros sacs blancs formaient des pyramides régulières. Plus loin, des piles de bois du nord dressaient une véritable muraille. Puis il y avait des grumes de bois exotique, monstrueux troncs arrachés à leur forêt tropicale, entassés comme de gigantesques allumettes et maintenus dans un équilibre plus que précaire par des cales paraissant dérisoires.

Comme dans tous les ports il y avait des entrepôts, des grues de toutes tailles, des cuves énormes, une voie ferrée et des chariots élévateurs qui chargeaient des semi-remorques.

Déjà dans la journée ce n'était pas folichon, qu'est-ce que ça devait être la nuit !

Dans le bassin Vauban, un petit remorqueur orange et noir effectuait des manœuvres d'un quai à l'autre, comme pour éprouver sa machine.

Vu de loin, on aurait dit un jouet télécommandé obéissant à la fantaisie d'un gamin invisible.

Elle roula lentement le long des quais, slalomant

entre les flaques d'eau qui s'étalaient çà et là, aux endroit où les monstrueux engins de levage avaient endommagé la chaussée.

Ainsi, c'était dans cet univers que Xavier Diès passait ses nuits, en compagnie de ses deux molosses. Puis, à l'aube, il regagnait son domicile, Venelle aux Chiens. Peut-être dormait-il alors jusqu'à midi, une heure, deux heures. Après il devait manger et ensuite il patrouillait « intra-muros » avec ses fauves, pour le plaisir de faire revivre une vieille tradition, et aussi de terroriser les SDF et les passants attardés.

Ensuite, comme il l'avait fait la veille, il devait rentrer chez lui et se préparer à sa nuit de veille dans les sinistres entrepôts, toujours avec ses fauves.

Drôle de vie… Drôle de type…

Elle remonta vers le Sillon, songeuse et, avisant une cabine téléphonique, elle s'y arrêta. Il y avait quelque chose qu'elle avait omis de demander au patron de l'agence de sécurité.

Elle eut la chance de l'avoir tout de suite au bout du fil :

– Monsieur Marcellin ? Lieutenant Lester. Il y a une chose que j'ai oublié de vous demander… Xavier Diès possède-t-il une voiture ?

– Bien sûr, lieutenant, dit Hubert Marcellin, un 4 x 4 Toyota de couleur claire.

– S'en sert-il dans le cadre de son travail ?

– Oui. Le plus souvent il la gare à l'abri des regards et patrouille à pied. Le territoire qu'il doit couvrir est assez étendu, alors il va d'un point à un autre.

– Au gré de sa fantaisie ?

– C'est lui qui décide des endroits qu'il doit couvrir, en effet.

– Il est relié à votre central ?

– Bien entendu.

– Par radio ?

– Autrefois c'était par radio, maintenant tous nos agents disposent de téléphones portables.

– Bien, je vous remercie, monsieur Marcellin.

Elle remonta dans sa voiture, redémarra distraitement et roula lentement. Qui d'autre que Xavier Diès aurait pu lâcher des chiens sur elle ?

Brusquement elle fit demi-tour et retourna « intra muros ». A cette heure Diès était peut-être chez lui. Il devait garer sa voiture non loin de son domicile. Face à l'hôtel où elle résidait encore la veille, place Vauban, il y avait un parking où l'on pouvait garer plusieurs véhicules. Peut-être y trouverait-elle le 4 x 4 de Diès. Un 4 x 4 blanc, ça ne devait pas être difficile à repérer.

Elle trouva une place devant la terrasse de l'hôtel Chateaubriand et s'y arrêta. Le ciel était nuageux et il y avait des moments de grand soleil qui illuminaient tout soudain les somptueuses bâtisses de granit, dorant leurs lichens et faisant ressortir de l'ombre gargouilles et mâchicoulis.

Puis, soudain, un gros nuage noir glissait sur le soleil et toute la ville se retrouvait dans l'ombre, comme un décor de théâtre après la représentation.

Mary ne s'était pas trompée, il y avait bien un 4 x 4 sur la place Vauban. Un véhicule haut sur roues, de marque japonaise, dont le bas de caisse était maculé de boue.

Elle s'approcha du véhicule. Le coffre était séparé des banquettes arrière par un treillage métallique et il y avait, sur le plancher de ce coffre, une vieille couverture écossaise parsemée de courts poils blancs.

– Pile dessus, dit elle à mi-voix.

Le siège du chauffeur était couvert d'une natte de billes de bois et sur le sol, il y avait de la terre et du sable. Xavier Diès ne semblait pas soigner sa voiture aussi méticuleusement que maître Roch la sienne.

Il était vrai que, pour ces soins, le notaire bénéficiait des services de Louis Le Gall, l'ancien mécano de la Royale, reconverti dans l'entretien des demeures de maître.

Elle s'arrêta un instant, le front plissé. Louis Le Gall… encore un mécanicien de marine, comme Albert Moraud. Cependant, Le Gall avait servi dans la marine de guerre et Moraud dans la marine marchande. Qu'importe, il y avait encore là une curieuse coïncidence. Mais ce n'était probablement rien d'autre qu'une coïncidence…

Elle refit le tour de la puissante voiture qui était bardée de pare-chocs impressionnants. A l'arrière, il y avait une boule d'attache-remorque.

A nouveau elle s'en fut examiner la couverture, mais elle était de couleur sombre et si sale qu'il était impossible de voir si les nombreuses taches qui la maculaient étaient des taches de sang. Donc, rien ne prouvait que c'était dans cette voiture que le chien blessé avait été transporté et que c'était Diès qui se trouvait sur la plage quand Mary avait subi l'assaut du fauve.

Elle réfléchissait à toutes ces hypothèses en examinant l'intérieur de la voiture lorsqu'elle eut la désagréable impression d'être observée. Alors elle emprunta l'escalier qui menait aux remparts. De là, elle surplombait le parking. Elle s'accouda à la muraille, laissant son regard errer vers la vieille ville, son entassement de maisons qui avaient poussé comme des champignons à même la roche, ce qui expliquait peut-être les différences de niveau entre elles.

Dans son dos des couples et des groupes passaient, admirant le Fort National, avant-poste de la défense de la ville, fièrement campé sur son rocher battu par les flots et le grand Bé, tombeau romantique et désolé du grand Chateaubriand.

A marée basse les visiteurs s'y pressaient, traversant la grève à pied, mais, à cette heure, la marée haute les avait isolés du continent en les entourant d'une mer verte et agitée.

Parfois un promeneur se retournait sur Mary, s'étonnant de la voir fixer l'intérieur de la ville alors qu'en regardant vers la mer on jouissait du spectacle grandiose des flots battant le roc.

Enfin Diès apparut. Il était toujours vêtu de sa canadienne bise à col de fourrure, coiffé de son béret basque, chaussé de ses bottes de caoutchouc vertes. Il promena un regard soupçonneux sur le chemin de ronde et Mary, en cet instant, bénit Vauban et Garengeau, architectes de la forteresse, d'avoir disposé leurs défenses de manière à ce qu'on pût voir sans être vu.

Diès qui était accompagné de ses deux chiens, ouvrit le coffre et les fit monter. Les bêtes devaient avoir l'habitude car elles bondirent dans le coffre et se couchèrent immédiatement.

Puis il ouvrit sa portière et, avant de se glisser derrière le volant, il examina de nouveau longuement les remparts. Il savait que Mary était là et elle savait qu'il l'avait vue lorsqu'elle examinait sa voiture. Cette fâcheuse impression qu'elle avait eue d'être observée ne pouvait la tromper.

Enfin le 4 x 4 recula et sortit par la porte Saint-Thomas. Depuis les remparts Mary put le suivre tandis qu'il longeait le Sillon, puis elle le perdit de vue.

Mary regarda sa montre. Il était six heures. Peut-être avait-elle encore le temps d'une visite. Elle monta dans sa voiture et fila vers Saint-Servan.

Il y avait une belle animation dans la rue principale. Elle se gara dans un parking juste en face de la mairie, curieux édifice rouge et jaune, et descendit la rue Clemenceau où se trouvait « Elle boutique ».

Derrière elle une Xantia gris foncé roulait au pas. Quand elle pénétra dans le magasin, la voiture s'arrêta.

Mary reconnut immédiatement la patronne à la description qu'en avait faite Maüer. C'était une accorte femme brune d'une quarantaine d'années, au visage avenant, dotée d'une poitrine comme Mary n'en avait jamais vue. Elle dut faire un effort pour détacher son regard des impressionnants roploplos de la belle lingère.

Mary demanda quelques renseignements qu'elle lui donna aimablement, puis elle fit l'acquisition de deux pièces de lingerie. Elle paya, remercia et sortit en enfouissant ses achats dans la poche de son duffle-coat.

La Xantia était garée dans la rue, mais il n'y avait plus personne au volant. Alors elle resta traînailler autour de la boutique de lingerie, allant et venant, s'attardant devant les vitrines encore éclairées.

Quand elle vit, dans le reflet d'une glace, une ombre se glisser dans la Citroën, elle eut un mince sourire. La voiture démarra en douceur. Elle rejoignit alors son Austin et vint prendre la place de la Xantia. De là elle pouvait examiner la boutique de la belle lingère.

La Xantia repassa une fois, deux fois, mais ne s'arrêta pas. Puis la vitrine s'éteignit, la dame sortit en regardant sa montre. Lui avait-on posé un lapin ?

Elle rejoignit une Twingo verte et démarra.

Mary la suivit un moment, puis quand elle tourna en direction du barrage de la Rance, elle changea de direction et rejoignit Saint-Malo.

Elle mangea une pizza à la Dolce Vita, servie par un Serge Prima déférent, puis elle aperçut un cinéma qui s'appelait « l'Amiral », chaussée du Sillon, non loin de son hôtel. On y jouait « Le bonheur est dans le pré. » Elle y passa une excellente soirée.

Quand elle en sortit, peu avant minuit, elle s'en retourna vers les docks. Elle était curieuse de voir ce que ça donnait la nuit.

Elle fit le tour des bassins sans apercevoir Xavier Diès, puis elle prit le quai du Pourquoi-Pas et la chaussée des Corsaires. Les lampadaires jetaient une clarté sulfureuse sur des entassements de sacs et de caisses.

Elle traversa des rues désertes et sinistres, passa devant des empilements de marchandises diverses, déposées là par des cargos venus des quatre coins du monde.

Ces navires pénétraient dans le bassin Vauban avec le flot par de gigantesques écluses, et il était toujours impressionnant de voir, quand on était dans sa petite voiture, un énorme bateau vous couper la route.

Lorsque les cargos sortaient « lèges », c'est-à-dire vidés de leur cargaison, ils gagnaient plusieurs mètres en hauteur et c'était alors une véritable muraille d'acier qui glissait lentement par le sas de l'écluse avec une précision diabolique car, bien souvent, il ne restait entre le quai et l'écluse que quelques dizaines de centimètres. Le pilote, à ce moment crucial, devait faire preuve d'une grande maîtrise dans la manœuvre du navire et d'une connaissance parfaite des lieux.

Et il était surprenant que ces capitaines, capables de diriger au centimètre près un navire de cent mètres de long, soient bien souvent mal à l'aise dans la conduite d'une automobile.

Ainsi Albert Moraud... Mais Albert Moraud avait-il jamais dirigé un navire ? Non, ce n'était pas son rôle. Il était officier mécanicien et devait se tenir à la machine pour veiller à son bon fonctionnement.

D'ailleurs, pourquoi repensait-elle à Albert Moraud ? A cause des bateaux sans doute, de ce port de commerce qu'elle n'aurait pas imaginé si important.

Quoi qu'on en dise, Saint-Malo vivait toujours de la mer. Et, chez tous les habitants de la région, la tradition maritime restait vivace. Depuis le gendre de Moraud, Maurice Martin, l'ostréiculteur de Cancale, en remontant aux grands-parents qui, du haut de leur petite maison sur la falaise, guettaient les goélettes de retour des bancs de Terre-Neuve, toute la famille avait vécu et vivait de la mer.

Ostréiculture, pêche côtière, pêche hauturière, toutes les activités maritimes étaient représentées dans cette famille. Et il était même probable que les hommes aient fait leur service militaire à bord des navires de guerre de la flotte, la Royale, comme ils l'appelaient encore.

Elle songea au curieux tour qu'avait pris cette enquête : venue pour enquêter sur la mort de la jeune femme d'un notaire, elle était maintenant aussi préoccupée par ces deux vieillards qui avaient mystérieusement disparu.

Elle longea les entassements de bois du Nord, bien rangés en hautes piles, s'aventura dans des allées désertes et sombres, retrouva l'amoncellement de grumes exotiques, puis elle s'immobilisa dans un cul de sac et dut faire demi-tour.

Qu'est-ce qui la fit ralentir, puis s'arrêter en repassant devant les énormes troncs arrachés à la forêt tropicale ?

Une corde, tout simplement, un morceau de corde qui traînait par terre et qu'elle n'avait pas vu tout à l'heure. Elle haussa les épaules, elle n'y avait pas prêté attention, c'était tout! Des tronçons de cordage, on devait en trouver un peu partout dans un port de commerce. Elle passa la première et fit ronfler son moteur. A ce moment, il lui sembla que la corde bougeait. Dans un réflexe brutal, elle enclencha la marche arrière en faisant grincer abominablement ses pignons. Il n'était que temps, la corde s'était tendue d'un seul coup et avait arraché la pièce de bois qui calait les grumes. Les énormes troncs se mirent en mouvement, lentement d'abord, comme une avalanche en montagne, puis ils roulèrent les uns sur les autres et s'effondrèrent sur la chaussée dans un fracas épouvantable.

Le guet-apens avait été parfaitement monté. Si Mary n'avait pas eu le réflexe de s'arrêter devant ce morceau de corde, elle serait actuellement broyée dans l'épave de sa voiture sous les énormes troncs. L'accident parfait...

Il lui avait cependant semblé entendre un bruit de moteur juste avant que l'empilement ne s'écroule. Xavier Diès, car, pour elle, il n'y avait pas de doute sur sa culpabilité, n'allait pas tarder à revenir voir si son traquenard avait bien fonctionné.

Elle éteignit ses phares, recula et contourna la pile de bois qui lui barrait la chaussée. Elle avait posé son arme à portée de main sur le siège du passager, prête à toute éventualité. Depuis qu'elle était dans la police, elle n'avait jamais tant eu le Ruger en main.

Vitre baissée, elle tendait l'oreille, attentive aux bruits de moteur. Rien, tout était calme.

Les nerfs tendus, elle tourna et vira autour de

tas de marchandises diverses. Toujours rien.

Enfin elle retrouva la route qui longeait le bassin. Elle croisa une voiture, puis une autre. Alors elle ralluma ses phares et rentra à l'hôtel.

CHAPITRE XVIII

Rocca allait être content, ce matin-là, le lieutenant Lester était à l'heure... Elle était même arrivée avant le commissaire.

Le neuvième coup de neuf heures sonnait à la cathédrale Saint-Vincent lorsque Rocca fit une entrée dynamique dans le hall.

Le gardien préposé à l'accueil et au standard se leva comme si un élastique invisible venant du plafond l'avait soudain arraché à son siège.

Rocca le salua négligemment et, se penchant sur la main courante :

– Rien de neuf, Geoffroy ?

– Rien, monsieur le commissaire.

– Bien... La nuit a été calme ?

– Tout ce qu'il y a de calme.

– Parfait.

Puis, feignant de découvrir Mary :

– Tiens, vous êtes là, lieutenant ? Votre lit serait-il moins bon qu'à votre ancien hôtel ?

– Mon lit est parfait, monsieur le commissaire...

Sans attendre la réponse, il s'engagea dans l'escalier en lui faisant signe de le suivre :

– Venez !

Il poussa sa porte, jeta sa serviette sur une chaise, posa les journaux sur son sous-main et défit son imperméable.

– Alors, fit-il en s'asseyant, toujours après ce pauvre Diès ? Qu'a-t-il fait cette nuit ? On m'a dit que vous vous intéressiez de près à ses agissements...

Il faisait les questions sans attendre de réponses.

– Dans cette affaire je m'intéresse à tout, monsieur le commissaire...

Rocca ricana :

– Ouais... Même au prétendu satyre de Saint-Servan.

– Rien n'est à négliger, dit-elle sérieusement.

Il acquiesça :

– Certes... Cependant...

Il se pencha soudain vers elle, la dévisageant d'une façon déplaisante :

– Cependant, était-il indispensable d'aller importuner les commerçants avec votre prétendue piste d'un satyre ?

Elle le fixa, d'un air outré :

– Je n'ai importuné personne, que je sache !

– Alors, que faisiez-vous hier soir dans un magasin de lingerie, à Saint-Servan ?

Elle le dévisagea de nouveau, d'un air de dire : « de quoi je me mêle ? »

– Suis-je obligée de répondre ?

– Je vous y encourage vivement !

Ça y est, se dit-elle, il redevient désagréable !

– A votre avis, monsieur le commissaire, que va faire une femme dans un magasin de lingerie ?

– Je vous le demande ! aboya-t-il.

Elle prit un air dégagé, elle s'amusait comme une petite folle. A ce moment on frappa à la porte.

– Entrez ! rugit Rocca sans la quitter des yeux.

La tête effarée de Maüer apparut. Il avait dû emprunter du fond de teint à sa femme, car son coquard était moins visible.

– C'que c'est ? demanda le commissaire ? Voyez pas que je suis occupé ?

Mary se leva :

– Oh, si peu, dit-elle. J'allais juste partir.

– Vous n'avez pas répondu à ma question !

Maüer se faisait tout petit, regardant alternativement Rocca et Mary Lester.

– Mais je ne sais pas si je dois vous répondre, Monsieur !

Elle se tourna vers le lieutenant :

– Qu'en pensez-vous Maüer ?

– De quoi ? bredouilla le malheureux.

– Le commissaire Rocca me demande ce que je faisais hier soir dans une boutique de lingerie à Saint-Servan. Dois-je lui répondre ?

– Affirmatif, balbutia Maüer pour lequel le commissaire avait toujours raison.

La conversation avait pris un tel ton qu'on avait l'impression que Mary détenait un élément d'information capital qu'elle ne voulait pas révéler.

– Eh bien, je vais vous le dire, fit Mary Lester. Je suis allée m'acheter deux petites culottes.

Elle se retint de ne pas éclater de rire devant la bouille des deux hommes.

Elle regarda Rocca innocemment :

– Pensez-vous que cet élément soit de nature à faire progresser l'enquête ?

Rocca faisait des mouvements de bouche, on aurait dit un poisson dans un aquarium. Maüer profita du désarroi de son patron pour s'esbigner en bredouillant : « je repasserai ».

Mary attendit un moment, puis, comme Rocca suffoqué ne disait mot, elle demanda :

– Je suppose que c'est Marcellin qui vous a fait savoir que je l'avais interrogé au sujet de Xavier Diès ?

– Exact, dit le commissaire dans un souffle.

Il paraissait avoir du mal à récupérer après le coup des petites culottes. En plus, elle avait dit ça devant cet imbécile de Maüer qui ne manquerait pas d'aller le raconter à tout le commissariat !

Des lueurs de haine et aussi de crainte passaient dans son regard. Il baissa les yeux, cette punaise était plus redoutable que tous les flics qu'il eût rencontrés à ce jour.

Enfin, ayant retrouvé sa voix, il coassa :

– Marcellin, ouais… l'ex-inspecteur Marcellin, qui a quitté la maison pour monter sa propre affaire de gardiennage.

Il soupira heureux de pouvoir sortir d'un sujet aussi délicat que celui des petites culottes et ajouta :

– En voilà un qui a fait le bon choix ! Il gagne quatre fois plus qu'un divisionnaire et il est loin d'être aussi emmerdé que nous ! Ah, le privé, Lester, ça n'a pas que de mauvais côtés !

Il la regarda avec espoir :

– Ça ne vous a jamais tentée ?

Assurément, il aurait préféré la savoir en dehors de la maison que dedans.

– Non Monsieur, dit-elle, ruinant ses espérances.

Il bâilla, mit la main devant sa bouche en s'excusant :

– Oh, pardon…

Puis, s'efforçant d'être aimable :

– Alors, lieutenant, où en est-on de cette enquête ?

Et, comme Mary haussait les épaules, évasive :

– Vous verrez, vous en viendrez aux mêmes conclusions que moi. Crise cardiaque… Ou infarctus, comme vous voulez.

Il la fixa dans les yeux :

– Mort naturelle…

A nouveau elle haussa les épaules :

– Il y a tout de même un type qui m'intrigue…

– Ah, dit Rocca en se calant au fond de son fauteuil, Diès… Xavier Diès vous intrigue ! Que voulez-vous que je vous dise ? Il est un peu cinglé, je vous l'accorde, mais quoi, dans chaque ville il y a vingt types comme lui. Que je sache, il n'a jamais fait de mal à personne !

« Lui non, pensa Mary, mais ses chiens… »

Elle eut la tentation de raconter à Rocca la mésaventure qui lui était arrivée sur la plage de Rochebonne, puis « l'accident » de la nuit dans les docks, quand « on » avait tenté de l'écraser, avec sa voiture sous les billes de bois exotique.

Mais, elle en était sûre, le commissaire ne la prendrait pas au sérieux. De quelles preuves disposait-elle ? Un chien s'était rué sur elle dans le brouillard, sur la plage de Rochebonne ? Et alors ? Il y a des tas de gens qui promènent leur chien sur cette plage. Et si ce qu'elle avait pris pour un fauve prêt à tuer n'avait été qu'un jeune chien exubérant cherchant à jouer ?

Qu'elle ait tiré avec son arme de service ne plaiderait pas en sa faveur. Cela prouverait qu'elle n'était pas maîtresse de ses nerfs et qu'il était dangereux de lui confier une arme.

Il serait ravi d'apprendre ça, Rocca. « On » lui avait envoyé cette femme qui avait peur de son ombre et qui tirait au 7,65 en plein après-midi sur une plage. Elle voyait le numéro qu'il aurait pu lui faire, réprobateur, comme un bon papa réprimandant sa petite fille qui a fait une grosse bêtise : « Vous vous rendez compte, lieutenant, s'il y avait eu des enfants ? »

Elle aurait eu beau lui répondre : « S'il y avait eu des enfants, c'est qu'il n'y aurait pas eu de brume, et s'il n'y avait pas eu de brume, il n'y aurait pas eu de chien ! »

Et s'il s'était agi du chien d'un paisible promeneur, celui-ci n'aurait pas manqué d'aller porter plainte.

Elle se rendait compte que son argument ne tenait pas, que Rocca aurait le beau rôle pour demander son renvoi, et qu'il l'obtiendrait, à coup sûr.

Elle ne pouvait pas, non plus, lui parler des billes de bois qui avaient roulé devant sa voiture. Elle s'était aventurée dans des endroits où les pancartes d'avertissement et d'interdiction fleurissaient au détour de chaque entrepôt : « Défense de stationner sous la charge », « Chantier interdit au public », « Zone interdite sans casque de protection ».

Avait-elle un casque de protection pour s'aventurer dans les docks ? Non bien sûr ! Alors elle était dans son tort.

Comme si un casque de plastique eût pu la protéger contre des billes de bois pesant plusieurs tonnes !

Rocca avait récupéré. Il la regardait avec un sale sourire caché derrière ses mains jointes, savourant l'échec de la jeune femme.

En le voyant si sûr de lui, elle eut une crispation du visage :

– J'aimerais bien perquisitionner chez Diès, dit-elle.

– Perquisitionner chez Diès, reprit Rocca, en voilà une idée ? Sous quel prétexte ? Pour y chercher quoi ? De quoi le soupçonnez-vous ?

Il s'était levé, avait contourné son bureau et arpentait le plancher, s'énervant au fur et à mesure de ses questions.

– Vous croyez qu'on entre chez les gens comme ça ? Qu'est-ce qu'il vous a fait ce Diès ? C'est parce que vous vous êtes engueulée avec lui ? Que, par sa faute vous avez passé quelques minutes en geôle ?

Il était dans son dos et elle se retourna pour le regarder. Ainsi il avait su…

Il répondit à la question non formulée :

– Oui j'ai su ce qui s'était passé, la mauvaise blague que Maïer vous a faite. Mais, entre nous, vous ne croyez pas que vous avez eu la main lourde ? Ce n'est pas parce que vous êtes une femme que tout vous est permis ! Deux lieutenants de police qui se battent, ici, dans mon commissariat ! Ah, il aura fallu qu'une bonne femme vienne foutre la vérole sur le chantier !

Maintenant, il était complètement remonté, survolté :

– Je ne veux pas de ça chez moi, Lester, vous entendez ? Je ne veux pas de ça !

Il était retourné s'asseoir derrière son bureau et il ponctuait ses paroles de vigoureux coups de poing qui faisaient sauter ses stylos, sa règle. Puis il revint à la demande que Mary lui avait faite :

– Perquisitionner chez Diès ! Pourquoi pas chez maître Roch pendant que vous y êtes ?

– Tout simplement parce que maître Roch m'a ouvert sa maison, Monsieur, que j'ai pu la visiter en sa présence et hors sa présence, chose que Diès n'a pas faite.

– Et pourquoi l'aurait-il faite, lieutenant ? Vous le lui avez demandé ? Non… Alors ?

Il la regardait comme on regarde une arriérée mentale.

Et pourquoi chez Diès plus que chez X ou Y ? Qu'a-t-il à voir dans le décès de madame Simone Roch ? Car, je vous le rappelle, c'est pour enquêter sur ce décès que vous êtes ici ! Pas pour la disparition de deux vieillards, non plus que pour protéger les Punks en ville !

Il parut se radoucir et prit un air ennuyé :

– Je crains que vous ne soyez venue à Saint-Malo pour pas grand-chose, lieutenant…

Puis, ne pouvant s'empêcher d'être méchant, il ajouta :

– Cependant, il y a, non loin de votre hôtel, une excellente école de police. Peut-être devriez-vous y aller faire un tour ? Comme ça, vous ne serez pas venue pour rien dans notre bonne ville…

Elle s'efforça à un sourire aimable pour se retenir de lui dire des insanités. Sa mine réjouie, sa gueule de faux-cul, son petit costard de dandy de sous-préfecture, la raie bien tracée dans ses cheveux châtains, tout en lui l'exaspérait.

Elle se leva lentement sous son regard ironique :

– Ce sera tout, Monsieur ?

– Pour le moment oui, Mademoiselle.

Elle nota que, délibérément, il ne lui avait pas donné son titre, mais qu'il avait prononcé ce « Mademoiselle » avec délectation, comme si ce mot avait un pouvoir de destitution, comme si, à ses yeux, elle n'appartenait déjà plus à la police.

Elle sortit lentement sous son regard goguenard.

*

Chez Mary Lester, les périodes d'abattement étaient toujours de courte durée. Leur succédaient inévitablement un regain d'activité physique et une période de bouillonnement intellectuel intense.

On l'avait bien vu, lorsqu'elle s'était trouvée enfermée dans la chambre d'isolement du commissariat. Maüer n'avait pas eu le loisir de goûter longtemps le sel de sa douteuse plaisanterie.

Hors son incursion inopinée dans le bureau de Rocca, elle ne l'avait plus revu depuis la poignée de main molle qui avait paru sceller leur réconciliation.

Visiblement, il l'évitait. Ce n'était pas sur lui qu'elle pourrait compter pour aller perquisitionner chez Diès, si d'aventure elle en obtenait l'autorisation.

A son tour elle avait eu un geste je-m'en-foutiste du bras. Après tout, s'il ne voulait pas se montrer… Qu'il reste donc bouder !

Puis elle avait pris sa voiture et avait filé jusqu'à l'étude de maître Roch. La secrétaire avait bien tenté de faire barrage, arguant que Mary n'avait pas de rendez-vous, mais il était bien difficile d'arrêter Mary Lester quand elle était remontée à bloc, comme en cette fin de matinée.

Penchée sur le bureau de la malheureuse secrétaire et, tapotant d'un index impatient l'agenda derrière lequel elle se retranchait, elle l'avait sommée de prévenir maître Roch que le lieutenant Lester désirait, pour une chose d'importance, le voir immédiatement.

Ajoutant qu'avec ou sans son accord, dans une minute, elle pénétrerait directement dans le bureau du notaire et qu'elle ne voyait personne capable de l'en empêcher.

Elle avait vu la secrétaire pâlir et fixer un point sous son bras gauche. Dans le mouvement, son duffle-coat s'était ouvert et c'était l'arme de Mary Lester que la fille regardait, fascinée, se demandant à quelle sorte de terroriste elle avait à faire.

Enfin, elle se décida et fit d'un doigt tremblant le numéro du notaire. Mary lui arracha l'appareil des doigts :

– Maître Roch, ici le lieutenant Lester. J'ai impérieusement besoin de vous voir immédiatement pour une communication d'une extrême importance.

Quelques instants plus tard, la porte du notaire s'ouvrait et maître Roch parut, un peu effaré. Après un regard interrogateur à sa secrétaire qui eut un geste d'impuissance, il mena Mary vers un petit cabinet qui devait servir à faire patienter les visiteurs.

– Que se passe-t-il ? demanda le notaire inquiet en fermant soigneusement la porte.

– Je ne vais pas abuser de votre temps, dit Mary. Cinq minutes, pas plus.

Le notaire se laissa tomber sur une chaise sans la quitter des yeux ; tout d'un coup, il ne faisait plus vieux beau, mais vieux tout simplement. Mary s'assit en face de lui.

Elle ne s'embarrassa pas de préambule, alla droit au but :

– Monsieur, je suis venue à Saint-Malo à votre requête, pour enquêter sur la mort de votre femme.

Il hocha la tête, sans mot dire.

– Je pense que je commence à y voir clair…

Le visage du notaire se fit extrêmement attentif, il redressa le buste, attendant des explications.

– A cet instant, je ne peux rien vous apprendre, fit Mary, car je n'ai aucune preuve, seulement de fortes présomptions. Cependant, pour aller au bout de mon enquête, j'ai besoin de votre concours.

– Mais comment… balbutia-t-il.

– Je vais vous le dire. A Saint-Malo, vous êtes une personnalité écoutée, vous êtes même, m'a-t-on dit, suppléant du député.

– C'est exact.

– Il se trouve que j'explore une piste à laquelle le commissaire Rocca ne croit pas.

– Tandis que vous...

– Tandis que moi, je pense avoir découvert quelque chose d'assez énorme.

– D'assez énorme ? répéta le notaire décontenancé.

– Oui. Seulement, je ne pourrais venir toute seule à bout de mon enquête et il se trouve que ce n'est pas au commissariat de Saint-Malo que je vais trouver du renfort.

– Vous voulez que j'intervienne pour...

– Pour contraindre Rocca ? Non, il ficherait tout par terre.

– Tout de même...

– Rocca, lui dit-elle, est comme ces médecins qui ont diagnostiqué un cancer là où il n'y a qu'une tumeur bénigne, et qui préféreraient voir leur client mourir plutôt que de reconnaître leur erreur. Il a fait son enquête, il a apporté ses conclusions, et maintenant, pour rien au monde, il ne voudrait être contredit, surtout pas par une femme.

– Et, demanda le notaire, ses conclusions sont erronées ?

– Je le pense. J'en suis sûre même. Et, ce qui est plus grave, si on s'en tient à ses conclusions, il risque d'y avoir d'autres victimes.

– D'autres victimes que Simone ? Mon Dieu !

s'exclama le notaire en regardant autour de lui pour s'assurer qu'il était bien dans son étude et qu'il ne rêvait pas.

Il revint à Mary :

– Alors, qu'est-ce que je peux faire ?

– Votre député est bien du même groupe politique que le ministre de l'Intérieur ?

– Vous voulez faire intervenir le ministre ?

– Pas personnellement bien sûr, mais si quelqu'un appartenant à son cabinet ordonnait au commissaire Fabien de me détacher le lieutenant Fortin ici, à Saint-Malo, ça ferait bien avancer nos affaires.

– Il est de vos amis ?

– C'est mon équipier habituel, j'ai toute confiance en lui et c'est un homme précieux.

Le notaire se leva. L'énergie de Mary était contagieuse.

– Je m'en occupe immédiatement, dit-il. Où puis-je vous toucher ?

– A mon hôtel, aux Ambassadeurs. Voici la carte et le téléphone.

Elle sortit survoltée de l'étude du notaire et s'engouffra dans sa voiture. De sa chambre, à l'hôtel, elle demanda le commissariat de Quimper.

– Passez-moi le commissaire Fabien en priorité, c'est pour le lieutenant Lester.

Elle eut son patron immédiatement et, après les rebuffades essuyées depuis quelques jours, ça lui fit chaud au cœur d'entendre sa bonne voix.

– Alors, Mary, qu'est-ce qui se passe ?

– J'ai besoin d'aide, patron.

– D'aide ?

– Oui. Vous allez m'envoyer Fortin.

– Fortin ?

– Oui, Fortin.

– Mais il n'y a donc personne à Saint-Malo qui puisse vous donner un coup de main ?

– Non, personne ! En fait, c'est plus compliqué que je ne pensais. Je vous raconterai, c'est pas triste !

– Qu'avez-vous manigancé encore ?

– Ce serait trop long à raconter au téléphone. Vous pouvez me passer Fortin ?

– Hé là, dit Fabien, doucement !

– Patron, lui dit-elle avec toute la persuasion dont elle était capable, ça urge !

– Mais, protesta Fabien, je ne peux pas, comme ça, envoyer un de mes adjoints sur les brisées d'un collègue ! Rocca…

– Parlons-en, de celui-là, gronda-t-elle.

Elle entendit Fabien souffler dans l'appareil :

– Je parie que vous vous l'êtes déjà mis à dos !

– Gagné !

– Mary, Mary, la morigéna-t-il, qu'est-ce que vous avez encore fait ?

– Je n'ai encore rien fait, patron, mais je vais faire !

– Oh là là ! fit Fabien, je crains le pire !

– Vous pouvez ! Alors, vous m'envoyez Fortin ?

– A Saint-Malo ? Mais je ne peux pas, voyons !

– Vous m'avez bien envoyée, moi !

– J'avais des instructions !

– Eh bien, vous allez en avoir !

– Tiens donc ! Et d'où ça s'il vous plaît ?

– Du ministère !

Fabien en resta coi quelques instants, puis il s'exclama :

– Et c'est vous qui m'apprenez ça ? Qu'est-ce que vous avez encore fabriqué ? Ah, on peut dire que vous ne manquez pas d'air !

Les réticences de Fabien commençaient à l'agacer, elle n'était pas dans de bonnes dispositions pour apprécier ses atermoiements.

– Écoutez-moi, patron. Je suis venue à Saint-Malo sur vos instructions et, si j'ai bien compris, à la requête de maître Roch. Jusque-là, ça va ?

– Humm…

Elle sentait toute la réticence de Fabien.

– Bon…

Elle s'efforçait au calme :

– Il fallait que je reprenne l'enquête sur la mort de Simone Roch, la femme d'un notaire. Je l'ai fait et j'ai découvert des éléments nouveaux. Il se trouve que ces éléments ne plaisent pas au commissaire Rocca, car ils sont en totale contradiction avec ses conclusions à lui.

– Et vous pensez, demanda Fabien, que Rocca fait de l'obstruction pour vous bloquer ?

– C'est tout à fait ce que je pense, dit-elle, et, plus grave, il pourrait y avoir d'autres victimes.

– Vous l'avez expliqué à Rocca ?

– On ne peut rien expliquer à Rocca quant à cette affaire. Pour lui, c'est clos et cacheté depuis neuf mois ! Je m'en suis donc ouverte au notaire…

– Maître Roch ?

– Lui-même. Suppléant du député de la circonscription, ce même député étant un ami personnel du ministre de l'Intérieur.

– Nom de Dieu, souffla Fabien, vous avez…

– Oui j'ai! Et vos instructions, vous allez les recevoir du ministère sans tarder…

– Eh bien, dès que je les reçois, je vous envoie Fortin.

– Vous voulez dire…

– Je veux dire que j'attends des instructions écrites.

– Mais, patron…

– Il n'y a pas de mais, Mary il me faut des instructions ECRITES.

– Le temps que ça va prendre!

– Ça prendra le temps qu'il faudra, mais je ne m'engage pas là-dedans sans document officiel!

– Merde! jura-t-elle exaspérée en raccrochant brutalement le téléphone.

Puis elle ouvrit son carnet d'adresses et refit un numéro :

– Allô? Madame Fortin? Est-ce que votre mari est là? Il vient d'arriver? Parfait, passez-le-moi s'il vous plaît.

Elle entendit des gosses pleurer, puis une petite voix dans l'appareil : « allô… allô… » Et encore la voix dolente de madame Fortin, une petit blonde insignifiante : « laisse ça, bébé, veux-tu laisser ça? » et enfin, la grosse voix de Fortin.

– Mary, s'exclama-t-il, si je m'attendais… Toujours à Saint-Malo? Quoi, tu veux que j'aille te rejoindre? Mais il faut que je demande au patron!

Il l'entendit rugir au téléphone :

– Non, Fortin, tu ne demandes à personne!

– Mais…

– Il n'y a pas de mais! Je prends tout sous mon

bonnet! Tu casses la croûte en vitesse et tu rappliques ici, hôtel des Ambassadeurs, 11, chaussée du Sillon à Saint-Malo.

Puis elle ajouta :

– Et pendant que tu casses la croûte, tu décroches ton téléphone. Tu pourras toujours dire que c'est le bébé qui l'a fait tomber. Grouille-toi, mon grand, je suis en danger.

– À ce point? fit-il impressionné.

– J'ai dû changer d'hôtel en catastrophe, lui dit-elle, je ne bouge pas de ma chambre en attendant que tu arrives. Il faut deux heures et demie pour faire la route. Je t'attends vers seize heures trente, dix sept heures.

Elle sortit quand même pour déjeuner dans une brasserie qui donnait sur la plage du Sillon, puis elle remonta dans sa chambre.

– Madame, dit-elle à la réception, un monsieur Fortin va venir tout à l'heure, vers seize heures trente, dix-sept heures. Veuillez me prévenir dès qu'il sera là. En attendant, je n'y suis pour personne, même pas au téléphone.

Quand elle fut dans sa chambre, elle ouvrit la fenêtre et s'accouda au balcon. Le ciel, où le soleil alternait avec les nuages, était magnifique. En lisière de la mer, loin, très loin car la marée était basse, deux cavaliers faisaient trotter leurs montures sur le sable. Des couples musardaient à vélo, puis, sur la promenade dominant la plage, une trentaine de jeunes gaillards, tous vêtus d'un survêtement uniforme, passa au petit trot : sans doute une équipe de foot à l'entraînement.

L'air était doux, le vent faible et humide sentait

l'iode. De gros goélands planaient paresseusement, rigoureusement immobiles.

Elle eut l'idée saugrenue de se demander s'il ne leur arrivait pas de s'endormir ainsi, dans le ciel.

Enfin elle tira un fauteuil, le disposa devant la fenêtre et prit son Dumas. Elle avait terminé *Les trois mousquetaires* à La Baule ; maintenant elle en était à *Vingt ans après*...

Cependant elle n'arrivait pas à suivre les mousquetaires vieillissants au service de la reine sur les chemins de France. Entre elle et ses pages ne s'interposaient que des visages déplaisants : celui de Xavier Diès, l'homme aux chiens. De celui-là, D'Artagnan n'eût fait qu'une bouchée : les deux chiens auraient été embrochés sur la même lame et leur maître eût crié grâce sous le gant de buffle du mousquetaire. Et Rocca, ce piètre petit fonctionnaire, elle aurait aimé le voir dans les mains de Porthos qui, d'une seule main l'aurait balancé par la fenêtre.

En attendant, son Porthos à elle, le lieutenant Fortin devait faire feu des quatre fers sur la quatre-voies qui menait à Saint-Malo. Elle lui avait laissé entendre qu'elle était en danger et Fortin, elle le savait, quoi qu'il lui en coûtât, eût traversé l'enfer pour voler à son secours.

Elle ferma son bouquin, décidément, elle ne pourrait pas lire. Elle referma la fenêtre, mit un disque de Mozart dans son baladeur et s'allongea sur son lit.

La musique de Wolfgang Amadeus avait sur elle un formidable pouvoir apaisant.

Elle s'endormit.

CHAPITRE XIX

Ce fut la sonnerie du téléphone qui la réveilla.

– Monsieur Fortin est là, Mademoiselle.

– Quelle heure est-il ? demanda-t-elle.

– Quatre heures vingt-cinq.

Diable, Fortin avait fait vinaigre.

– Faites-le monter, ordonna-t-elle.

Elle s'en fut à la salle de bain se rafraîchir, puis elle ouvrit la porte à son équipier.

– Eh bien Mary, s'exclama-t-il en entrant, qu'est-ce qu'il t'arrive ?

Il se pencha pour lui faire la bise car il la dominait d'une bonne tête.

– Je vais t'expliquer, dit-elle. Tiens, assieds-toi là.

Elle avait rouvert la fenêtre et le poussait vers le fauteuil :

– A-t-on idée d'être si grand ? Tu remplis toute ma chambre ! Veux-tu du thé ? Du café ?

– Je veux bien un café, dit-il.

– Avec des gâteaux, je parie.

Le sourire de Fortin s'élargit :

– Et comment !

Mary passa la commande au téléphone, du thé pour elle, et, quand ils furent servis elle prit la chaise et la disposa devant la table du petit déjeuner.

Fortin contemplait la plage par la fenêtre :

– Dis donc, tu te la coules douce, ma vieille !

– Tu n'as qu'à croire, fit-elle, je suis tombée sur un drôle de patron…

– Au fait, dit Fortin, pourquoi m'as tu fait venir ?

– Parce que j'ai les jetons… Il y a, dans cette ville, un dingue qui se balade avec deux fauves en laisse. De temps en temps il les lâche, et ça fait du dégât.

– Faut l'arrêter, dit Fortin avec bon sens.

– C'est pour ça que je t'ai fait venir, lieutenant !

Fortin se mit à rire :

– Tu ne vas pas me dire qu'il n'y a pas, à Saint-Malo, deux flics capables d'arrêter deux chiens !

Elle le fixa :

– Ce n'est pas qu'ils n'en soient pas capables…

– C'est quoi alors ?

– Le commissaire n'en voit pas la nécessité.

– Ah, dit Fortin. Alors, que faire ?

Le brave Fortin était du métal dont on fait les bons soldats : pas trop futé et discipliné. Du moment que le commissaire ne bougeait pas, il ne voyait pas pourquoi Mary s'énervait.

– Que faire ? dit-elle, c'est toi qui me demandes ça ?

– Ben oui, fit Fortin bêtement.

– Je vais te le dire, mon vieux : on va filer à Saint-Malo et, quand Diès, car ce cinglé s'appelle Diès, va sortir de son taudis, on va lui demander de nous en faire une visite guidée.

– C'est pas très légal, objecta mollement Fortin.

– Comment, c'est pas légal, s'écria-t-elle, on va lui demander gentiment…

Fortin finit son café et secoua la tête comme quelqu'un qui doute.

– Ecoute, dit-elle, je ne te demande pas de te mouiller. Simplement, tu te tiens à l'écart, tu n'interviens que si le type devient menaçant.

– Comme ça, ça va, dit Fortin rassuré.

Ils descendirent l'escalier qui craqua sous la carcasse du lieutenant.

– On prend ma voiture ? demanda-t-il.

– Je préfère, dit-elle, la mienne commence à être un peu trop connue.

Elle le dirigea pour qu'il se gare à la poterne aux Normands. Le 4 x 4 de Xavier Diès était toujours là. Fortin gara sa R 20 break de l'autre côté de la rue, près de l'hôtel où Mary avait résidé.

– Viens, lui dit Mary.

Ils marchèrent jusqu'à la Venelle aux Chiens. Les poubelles puaient toujours autant, la venelle était toujours aussi avenante.

– C'est là qu'il crèche ton gus ? demanda Fortin à mi-voix.

– Ouais, répondit-elle sur le même ton, la deuxième porte à gauche, celle qui est un peu moins dégueulasse que les autres.

– Qu'est-ce qu'on fait ?

– On attend qu'il sorte.

– Et puis ?

– Il va aller jusqu'à sa voiture. Il mettra ses deux chiens dans le coffre. C'est à ce moment que j'interviens : je lui demande de m'accompagner jusqu'à son domicile.

– Et s'il refuse ?

– Tu débarques dans la partie. Tu le prends par la peau du cou, tu le secoues un chouïa, au besoin tu lui piques ses clés. T'inquiète pas, il n'est pas costaud.

– C'est pas ça qui m'inquiète, dit Fortin, pas ravi du tout.

– Alors, pourquoi as-tu peur ?

– Je n'ai pas peur.

– Bon, alors, allons-y !

☆

Ils s'étaient assis dans la voiture de Fortin pour attendre Xavier Diès. Fortin avait sorti son paquet de cigarettes, puis l'avait remis en poche. Elle abaissa la vitre et lui dit :

– Vas-y, fume si ça te fait plaisir.

– Je croyais que la fumée te dérangeait.

– Pas aujourd'hui, dit-elle. Je préfère t'avoir avec moi, avec ta fumée, que d'être toute seule face à Diès et à ses monstres.

Puis elle se retourna et, avisant le siège d'enfant sanglé sur la banquette arrière et un nounours en peluche abandonné là, elle lui dit :

– Pour moi ça ne fait rien, mais pour tes gosses tu ferais mieux de…

– Je sais bien que je ferais mieux, dit Fortin, pas que pour les gosses, pour le souffle aussi. Maintenant j'ai du mal à finir mes matchs de rugby.

– Et avant ? demanda-t-elle.

Il rigola :

– Avant ? J'en aurais bien fait deux de rang !

Puis, après un temps de silence :

– Dis donc, Mary, qu'est-ce que tu espères trouver dans la carrée de ce gus ?

– Je ne sais pas, dit-elle. Une preuve peut-être. Un bijou, un portefeuille, quelque chose ayant appartenu à une des victimes.

– Et comment les reconnaîtras-tu ?

– Je ne sais pas non plus.

Elle réfléchit un moment puis :

– Je me suis un peu penchée sur la personnalité de ces trois disparus…

Elle corrigea :

– Ou plutôt, de la morte et des deux disparus. J'ai l'impression de les connaître un peu… J'ai aussi l'impression que si je retrouvais un objet leur ayant appartenu, je le reconnaîtrais.

Fortin eut une moue dubitative :

– C'est bien peu pour confondre un assassin qui a tué trois fois.

– Je ne pense pas, dit-elle, que l'on puisse qualifier Diès d'assassin…

Fortin la regarda, stupéfait :

– Mais alors… dit-il.

– C'est plus compliqué que ça, répondit-elle.

Il haussa les épaules. Compliqué, en effet, ça l'était ! On recherchait un assassin oui ou non ? Avec cette sacrée Mary Lester, rien n'était simple.

– Et si tu ne trouves rien ? demanda-t-il, pour revenir à un domaine plus concret.

– Si on ne trouve rien ? dit-elle rêveuse, eh bien mon vieux, je lui ferai des excuses.

– Et moi ? que dirai-je à Fabien ?

– T'occupe ! Il n'y a pas de lézard !

Il bougonna :

– Il n'y a pas de lézard, il n'y a pas de lézard, facile à dire. Qui c'est qui s'est barré de Quimper sans permission ? Hein ?

– Qui c'est ? Qui c'est ? ironisa-t-elle, puis, regardant dans le rétroviseur, elle posa sa main sur l'avant-bras de Fortin :

– Chut... Le voilà...

Elle ouvrit silencieusement la porte et se coula hors de la voiture. Au volant, Fortin n'avait pas bougé.

Diès, avec toujours ses deux chiens en laisse, ouvrit le coffre du 4 x 4 et les fit monter. Puis il referma le hayon et se dirigea vers la portière du conducteur. Il venait d'engager sa clé dans la serrure lorsque Mary surgit dans son dos.

– Monsieur Diès ?

Il sursauta, complètement surpris et se retourna. Mary se tenait à un mètre de lui et lui tendait sa carte.

– Police...

Il ricana :

– Et alors ?

– Je vous prie de m'accompagner à votre domicile.

– V's'avez un mandat ?

Il avait un visage chafouin, un regard bigle et, avec son béret basque, sa canadienne et ses bottes de caoutchouc vert, la parfaite dégaine du braconnier, tel qu'on le représente au cinéma.

Autour d'eux la place était déserte. La Noguette, cette cloche qui piquait les heures au clocher de la cathédrale Saint-Vincent, sonna six coups. Le crépuscule commençait à tomber et, à part les portes de l'hôtel de la Cité, tout était sombre, crépusculaire. Diès avait jeté un coup d'œil inquiet alentour, et, ne voyant personne, l'expression de son visage avait changé.

Mary s'en était aperçue. Elle n'était pas trop rassurée, en dépit de la présence de Fortin invisible dans sa voiture à quelques pas de là, elle craignait le coup fourré. Qu'arriverait-il si, par exemple, il décidait de lui assener un coup de son terrible « pen baz » ? Elle se recula d'un pas et lui, sentant son inquiétude, eut sur le visage un sourire cauteleux :

– Qu'est-ce que vous lui voulez à mon domicile ? J'ai rien à vendre, rien à acheter…

Il tourna la clé dans la serrure, refermant la porte du 4 x 4 :

– Enfin, si c'est le prix à payer pour avoir la paix… Vous n'avez qu'à venir.

Il repartit vers la rue Saint-Thomas et Mary le suivit avec un gros poids sur l'estomac. En se retournant, elle vit la brève lueur d'un plafonnier. Fortin sortait de la voiture et lui emboîtait furtivement le pas.

La Venelle aux Chiens était plus sinistre que jamais. Diès allait, d'un pas décidé, en s'appuyant sur son pen baz. Il sortit de sa poche un trousseau de clés qu'il fit cliqueter comme un geôlier en ricanant lugubrement.

La porte grinça et un remugle abominable prit Mary à la gorge. Ce n'était pas un appartement, c'était une tanière. Elle avança lentement, la main sur la crosse de son Ruger, en état d'alerte maximum. Dans son dos, elle entendit la porte se refermer et elle eut soudain l'impression qu'elle était tombée dans un piège dont elle ne sortirait pas vivante. Cette même impression, elle l'avait ressentie à Douarnenez, rue Obscure, lorsque des travestis l'avaient entraînée dans la maison inhabitée.*

Diès avait pressé un interrupteur et une pauvre ampoule s'était allumée, répandant une maigre lueur.

– Par où qu'vous voulez commencer ? demanda-t-il soudain faraud, par l'antichambre ou par le salon ?

Il y avait une grande pièce remplie d'objets hétéroclites allant de la vieille barrique au mannequin de confection. Un comptoir bas et poussiéreux indiquait qu'autrefois il y avait eu là un commerce.

– V'nez donc par là, lui dit encore Diès, il y a un copain à vous.

Il ouvrit une porte aux verres rendus opaques par la poussière et siffla entre ses dents, d'un sifflement aigu, et Mary comprit soudain ce que l'ancien gardien de phare lui avait réservé.

Elle eut le temps de tirer son arme, d'engager une balle dans le canon et elle vit une tornade lui sauter à la gorge avec un grondement de fureur.

D'instinct elle porta son bras devant son visage, et le chien mordit dans son avant-bras heureusement protégé par l'épais duffle-coat. Néanmoins, elle sentit des dents aiguës comme des aiguilles s'enfoncer dans sa chair. Elle poussa un hurlement

* voir *Boucaille sur Douarnenez*

d'effroi et de douleur, puis, appliquant son arme à bout touchant, elle tira dans cette boule de muscle qui voulait sa vie.

– Salope, éructa Diès en lui assenant un coup de trique sur le poignet.

Le chien avait dû être sévèrement touché, car peu à peu l'étreinte de ses dents se desserra. A présent, elle devait se défendre contre Diès, devenu complètement fou, qui brandissait son redoutable pen baz. Le second coup de bâton avait atteint son arme, elle sentit une douleur fulgurante au poignet et le Ruger tomba à terre.

Alors elle courut se réfugier derrière une barrique, puis derrière le comptoir. Diès la poursuivait en grinçant des menaces, la bave aux lèvres :

– T'avais pas assez de m'avoir tué mon pauvre Virus, voilà que tu as flingué Amélie ! J'aurais ta peau, salope !

Derrière son comptoir, Mary n'en menait pas large. Mais que foutait donc Fortin ?

Fortin avait bien entendu les coups de feu de la rue, mais la porte s'était refermée et il était impossible de l'ouvrir. De tout son poids il s'était jeté sur l'obstacle, se meurtrissant l'épaule, en vain.

Alors il sortit son Manurhin et, à bout portant, tira quatre balles à hauteur de la serrure. Si solide que fût la porte, elle n'avait pas été conçue pour résister au 45 Magnum. Elle rendit l'âme et Fortin se précipita, l'arme haute.

Il vit Mary derrière son comptoir, essayant d'éviter les moulinets de Xavier Diès.

– Halte ! hurla Fortin.

Mais l'autre ne l'entendit pas.

Alors il visa une poutre épaisse au plafond et tira. Un éclat de bois vola et un nuage de poussière s'abattit sur Diès qui se retourna vers le nouveau venu.

– Halte, hurla de nouveau Fortin en braquant son arme sur le gardien de phare.

Sans succès. A présent Diès se ruait sur lui. Il ne pouvait pourtant pas tuer ce dément ! Il tira au-dessus de sa tête et sa dernière balle alla s'écraser contre un mur et ricocha en miaulant. Dans la pénombre, on vit une flamme rougeâtre d'un demi-mètre sortir du canon du Manhurin.

Cela n'arrêta pas l'ancien gardien de phare. Fortin évita le premier coup de bâton, para le second avec une chaise à trois pattes qui se trouvait là providentiellement, puis il parvint à saisir le poignet du fada.

Dès lors, il n'y avait plus de combat. D'une torsion de main le grand lieutenant fit tomber le gourdin à terre, puis il joignit les deux poignets et lui passa les menottes.

Fortin se retourna vers elle :

– Mary !

Il y avait une telle anxiété dans sa voix qu'elle se mit à rire, d'un rire nerveux, libérant ainsi son angoisse.

– Ben mon vieux, tu as mis le temps !

Il lâcha un demi-mètre cube d'air :

– Tu n'as rien ?

– Les deux mains dans le sac, mais à part ça, ça va !

Il vit le sang qui coulait de sa manche gauche et jura :

– Bon Dieu !

Elle voulut retrousser sa manche, mais sa main droite, celle qui avait reçu deux coups de bâton quand Diès l'avait désarmée, lui refusait tout service. Sa main gauche, en revanche, bien qu'elle fût ensanglantée, fonctionnait normalement. Elle la tendit à Fortin :

– Aide-moi !

Il retroussa précautionneusement sa manche et grimaça. Les dents du chien, traversant le duffle-coat et le pull over avaient imprimé dans sa chair une douzaine de petits trous bleuâtres dont certains saignaient abondamment.

– Heureusement que j'avais un vêtement épais ! dit-elle.

Fortin se retourna vers Diès, furieux :

– Salaud !

Et, comme l'autre ricanait, le défiant, il lui colla une baffe à lui arracher la tête. Le malheureux dément valdingua à travers la pièce et s'écroula contre le tonneau vide.

Mary arrêta Fortin :

– Laisse… C'est un irresponsable.

– Irresponsable, gronda Fortin, irresponsable, c'est trop facile !

A terre le chien gémissait, agité par des soubresauts d'agonie et des spasmes qui faisaient trembler ses pattes arrière. Mary avait tiré trois balles à bout touchant et l'animal qui baignait dans son sang devait avoir eu la colonne vertébrale brisée.

Elle l'enjamba avec une grimace de pitié et de dégoût et s'avança dans le couloir. Deux pièces donnaient sur une courette, une sorte de puits s'ouvrant trois étages plus haut, sur un carré de ciel. Il y avait des crottes de chien partout et ça empestait l'urine.

La pièce de droite était une sorte de cuisine avec une table et deux chaises, un évier sous lequel on apercevait une bouteille de gaz et un lit de coin sur lequel un clochard épuisé aurait eu quelque répugnance à s'allonger.

Le sol de l'autre pièce était couvert de vieux journaux. C'était là que devaient dormir les bêtes.

Mary revint à la cour. Une porte dont le panneau supérieur avait été remplacé par de minces barreaux de fer donnait sur une pièce cimentée qui avait dû, autrefois, servir de buanderie aux habitants de la maison. Elle tira la porte qui résista. Un cadenas de cuivre, comme on en fait pour les bateaux, la maintenait fermée.

Elle appela :

– Fortin !

Et quand il fut là, lui montrant la porte :

– Tu ne veux pas m'ouvrir ça ?

Fortin prit le cadenas dans sa grosse main et lui imprima une torsion telle qu'un des pitons qui le maintenait au chambranle s'ouvrit. Jetant le cadenas par terre, il poussa la porte.

Tendus en hauteur, il y avait des fils de fer sur lesquels on devait faire sécher le linge. Il y avait également un long lavoir de ciment qui n'avait pas dû servir depuis longtemps car il était recouvert de planches.

Mary voulut les soulever, mais elle grimaça. Décidément, elle devait avoir quelque chose de cassé dans le poignet.

– Laisse, dit Fortin, qui avait vu son geste.

L'une après l'autre, il ôta les planches. Le lavoir était rempli d'une matière blanchâtre, pour autant qu'on pouvait y voir quelque chose. Il sortit une petite lampe électrique de sa poche et la donna à Mary.

– Tiens-moi ça.

Dans le mince faisceau apparut une matière crayeuse. Mary sentit sa gorge se serrer. Fortin avec l'une des planches, se mit à creuser dans la masse. Cela vint facilement au début, puis il y eut une résistance. Il continua de gratter et un crâne apparut. La planche lui tomba des mains.

– Merde ! s'exclama-t-il.

Au bout de la main blessée de Mary, le faisceau lumineux tremblotait et elle faisait un effort intense pour ne pas tout lâcher, pour ne pas s'enfuir en hurlant.

Elle sortit à reculons, suivie par Fortin.

– Qui c'est qui est là dedans ? demanda-t-il.

– Probablement Angélique Gouin, dit-elle d'une voix étranglée, et peut-être aussi Albert Moraud.

– Et qu'est-ce qu'il a collé par-dessus ?

– De la chaux vive, sans doute.

Dans la cour, l'obscurité maintenant était totale. Elle éclaira le sol pour tâcher d'éviter les crottes de chien, puis ils rentrèrent dans ce qu'il fallait bien appeler l'appartement de Xavier Diès.

L'ampoule miteuse éclairait toujours le couloir et Diès était toujours affalé au pied de sa barrique. Malgré ses menottes, il avait pris le cadavre de son chien sur ses genoux et il le berçait en geignant doucement, comme un animal. Quand Mary braqua le faisceau de sa lampe de poche sur lui, elle vit ses yeux douloureux luisants de larmes qui la regardaient sans aménité.

Alors elle eut pitié de cet homme solitaire qui n'avait pour amis que ces chiens féroces. En tôle ou plutôt en asile psychiatrique, là où Diès risquait de finir ses jours, les chiens n'étaient pas admis.

Puis elle aperçut une lueur bleue brillant par intermittence, qui venait de la rue et elle entendit une voix déformée par un mégaphone :

– Police, sortez les mains en l'air.

– Ça y est, dit-elle à Fortin, les carabiniers sont là. Viens…

Quand elle sortit dans le cadre de la porte, la puissante lampe d'un projecteur l'éblouit. Le commissaire Rocca posa le mégaphone et se précipita :

– Lester ? J'aurais dû me douter que c'était vous ! Qu'est-ce que vous foutez là-dedans ? C'est vous qui avez tiré ?

Il l'avait prise par sa main blessée et la secouait. Elle protesta :

– Aïe, vous me faites mal !

Fortin repoussa Rocca sans ménagements :

– Laissez, vous ne voyez pas qu'elle est blessée ?

– Blessée ? répéta bêtement Rocca en lâchant Mary. Comment ça…

Et, se tournant vers Fortin, il demanda :

– Mais… qui c'est celui-là ?

– Le lieutenant Fortin, dit-elle d'une voix lasse, mon équipier de Quimper.

– Qu'est-ce qu'il fait ici ?

Rocca redevenait jaloux de ses prérogatives.

– Il est venu prêter assistance au lieutenant Lester.

Une silhouette épaisse s'avançait dans la venelle mal éclairée.

– Patron ! s'exclama Mary. Ah, patron, ce que je suis contente de vous voir !

Rocca, bouche ouverte, s'était retourné vers le nouvel arrivant. Décidément, il pleuvait des flics de partout dans son fief, il sentait que la situation lui échappait.

– Qu'est-ce qu'il y a là-dedans ? demanda Fabien.

– Xavier Diès, l'homme aux chiens, dit Mary, le cadavre d'un de ses chiens que j'ai dû abattre pour me défendre, et les restes d'une, ou peut-être deux de ses victimes, madame Angélique Gouin et monsieur Albert Moraud.

Elle se tourna vers Rocca :

– Vous les trouverez au fond de la cour, dans un lavoir, sous plusieurs épaisseurs de chaux vive.

Puis elle s'accrocha au bras du commissaire Fabien et dit d'une petite voix :

– Je voudrais m'asseoir, patron, je ne me sens pas bien.

Elle eut l'impression que le groupe de badauds qui s'agglutinait au bout de la venelle basculait, puis elle ne vit plus rien.

Fortin l'avait prise dans ses bras et il la conduisit jusqu'à une ambulance qu'on avait avertie à tout hasard.

Elle ne se réveilla que le lendemain, dans une

chambre d'hôpital. Son poignet droit était pris dans une sorte de plâtre d'où ne sortaient que ses doigts, et son poignet gauche portait un pansement.

Elle remua les doigts. Ça se passait bien à droite, mais à gauche les mouvements étaient douloureux. Allons, ça ne devait pas être trop grave.

Une infirmière entrouvrit la porte et lui fit un grand sourire :

– Réveillée ?

Mary lui rendit son sourire :

– Oui.

Elle souleva ses deux bras, montrant son plâtre et son pansement :

– Me voilà bien !

L'infirmière s'approcha :

– Rassurez-vous, il n'y a rien de grave. Une grosse entorse au poignet droit - le médecin a préféré plâtrer - et quelques petits trous à l'avant-bras gauche. Ça sera douloureux pendant deux ou trois jours, mais aucun nerf n'a été touché. Il n'y aura pas de séquelles. Vous sentez-vous en état de recevoir une visite ?

– Si vous m'apportez un grand café noir, du pain et du beurre, oui. Mais, dites-moi, où suis-je ici ?

– A l'hôpital de Saint-Malo. Vous êtes arrivée hier soir, inanimée ; on vous a soignée et, comme paraît-il vous aviez subi un choc nerveux, on vous a administré un sédatif. Avez-vous bien dormi ?

– Parfaitement.

L'infirmière redressa l'oreiller et l'aida à s'asseoir dans son lit. Puis elle sortit en promettant de lui faire porter un petit déjeuner.

On frappa à la porte, et ce qu'elle vit d'abord fut un bouquet de roses. Derrière il y avait le commissaire Fabien, puis Fortin, tout sourire.

– Alors, Mary, demanda le commissaire, comment se sent-on ?

– Parfaitement bien, patron. A côté d'hier soir, quel cauchemar !

– Vous pouvez le dire, fit Fabien. On a trouvé les ossements des deux vieillards dans le lavoir…

– Et Diès ?

– Chez les dingues, pas près d'en sortir !

– Ses chiens ?

– Piqués ce matin par le vétérinaire de la fourrière.

– Rocca ?

– Il fait la gueule.

– Maître Roch ?

– Il ne jure que par vous, comme le député. Ils parlent de faire un rapport au Ministre. Ça sent la promotion, lieutenant !

Le lieutenant haussa modestement les épaules.

– Maintenant, il va falloir faire votre rapport.

Elle montra ses mains bandées :

– Je ne peux pas, patron.

– Vous ne pouvez pas écrire, mais vous pouvez parler. Fortin va enregistrer ça, et puis il le tapera.

Elle vit Fortin faire la grimace : la corvée était pour lui. Il disposa le micro d'un magnétophone portable sur le drap et dit, après avoir consulté ses cadrans : « c'est bon ».

Mary resta un moment silencieuse et dit enfin :

– Je ne sais par quel bout commencer, ça serait mieux si vous posiez les questions, patron.

– D'accord, dit Fabien. Donc, vous arrivez à Saint-Malo pour enquêter sur la mort d'une certaine Simone Roch…

– Oui, dit-elle, quelque huit mois après que sa mort eut été jugée naturelle par l'enquête : crise cardiaque au cours d'un footing prolongé.

– Qu'est-ce qui vous a troublée, dans ces conclusions ?

– Deux choses : d'abord la victime était une sportive accomplie, qui n'avait pas le « profil » comme on dit pour une telle mort. Cependant, on me l'a fait remarquer, ce sont des décès qui arrivent, même chez les plus grands champions. Le second élément était plus troublant : le corps est découvert onze jours plus tard sur cette même plage où elle a disparu.

– Qu'y a-t-il de bizarre à ça ?

– Cette côte est balayée par des courants violents. Comment un corps peut-il revenir, après onze jours de tribulations, à l'endroit même où il a été emporté par le flot ?

– Bizarre en effet, dit Fabien.

– Je me suis alors demandé, dit Mary, s'il n'y avait pas eu d'autres morts étranges ou d'autres disparitions inexpliquées dans ce même laps de temps. J'ai trouvé trois disparitions. Une d'entre elles a été rapidement élucidée, restaient les deux autres : madame Angélique Gouin et monsieur Albert Moraud. Ces deux vieillards, qu'avaient-ils en commun avec la jeune femme du notaire ? Plusieurs points : ils étaient sportifs… Je sais bien que pour des octogénaires le terme peut paraître excessif, mais, par rapport à leurs voisins, à leurs amis, ils avaient une activité physique peu ordinaire : Ils marchaient beaucoup et, souvent, sur la promenade du Sillon.

» Autre chose, ils étaient solitaires. Simone Roch parce qu'il est rare que les femmes de notaires fassent dix kilomètres en courant chaque matin et se baignent dans la mer même en hiver, Angélique Gouin et Albert Moraud tout simplement parce que leurs amis ne pouvaient pas les suivre.

La femme de service apporta le café à Mary, avec le pain beurré qu'elle avait demandé. Elle essaya de saisir les morceaux de baguette et parvint à les prendre du bout des doigts.

– Ça ne vous fait rien que je mange? J'ai une faim de loup. Ça doit être l'air de la mer. Elle mordit à belles dents dans son morceau de pain, but une gorgée de café et poursuivit :

– Une chose m'avait accrochée, dans la déclaration de maître Roch : il m'avait dit que, le jour où sa femme avait disparu, il s'était rendu à Rennes et, ce jour-là, le brouillard était si dense qu'il avait dû rouler à trente à l'heure.

– Et alors? demanda Fabien.

– Eh bien, lorsque moi aussi j'ai été attaquée par un chien sur cette même plage du Sillon, il y avait aussi un épais brouillard.

– Vous avez été attaquée par un chien, s'exclama Fabien, mais vous n'en avez rien dit! Et comment vous en êtes-vous sortie?

– En tirant dessus avec mon arme de service, dit-elle. Seulement, Simone Roch, elle, n'avait pas d'arme. Revenons à cette matinée du 4 mars : Simone Roch va courir sur la plage et Xavier Diès lâche ses chiens sur la plage. Pourquoi ne lâche-t-il ses chiens que lorsqu'il y a de la brume ? Tout simplement parce que, ces jours-là, il n'y a personne sur la plage. Il sait que ses chiens sont agressifs et que, s'ils rencontrent d'autres animaux, voire même des gens, ils sont capables de les attaquer. Donc, les jours de brouillard, comme les jours de pluie, a priori la plage est à lui.

» Simone court donc le long de l'eau et elle rencontre les chiens qui lui sautent dessus. Le sang coule, les chiens s'excitent, la malheureuse est littéralement déchiquetée. Quand Diès arrive sur les lieux, il est trop tard. Que faire ? Si on trouve le corps ainsi, il sera automatiquement soupçonné et ses chiens seront abattus. Or cet homme qui a vécu en solitaire pendant des années au sommet d'un phare perdu en mer, voue à ses animaux une passion sans bornes. Il remonte donc jusqu'à sa voiture, enferme ses chiens, prend la pelle qui fait partie de l'équipement de son 4 x 4 et revient creuser une fosse dans le sable. Ce n'est pas très difficile de creuser dans le sable, la tâche est vite expédiée. Avant de reboucher le trou, il jette quelques gros cailloux sur le corps. Puis il remonte à sa voiture. La mer qui monte effacera les traces de son intervention. Seulement, quelque jours plus tard, sait-on pourquoi, la mer « travaille » comme on dit ici, le corps de Simone Roch est sorti de sa tombe et rejeté sur le rivage.

– Et pour les deux autres disparus demanda Fabien.

– Vraisemblablement le même processus, dit Mary. De la brume, des chiens qui attaquent, qui tuent…

– Il y a une chose que je ne comprends pas, dit Fortin, pourquoi Diès n'a-t-il pas enterré ses victimes comme la première fois ?

– Sans doute parce que le corps de Simone Roch est revenu trop vite à la côte. S'il y en avait eu deux ou trois comme ça, à la file, mutilés de la même façon, la police aurait peut-être eu des doutes. Donc Diès est descendu sur la plage par la cale de Rochebonne avec son 4 x 4, il a embarqué les corps et les a ramenés chez lui. Ce n'était pas trop difficile, il pouvait s'arrêter juste devant sa porte et, de là, les transporter jusqu'au lavoir.

– Et où aurait-il trouvé de la chaux vive ?

– Sans doute sur le port. Il y a des milliers de sacs d'engrais divers et autres produits pour l'agriculture. La nuit, Diès était le seul à y circuler. Il n'était pas bien difficile de mettre quelques sacs dans le coffre du 4 x 4.

– Ça ne fait rien, dit Fortin, pour vivre ainsi près des cadavres de ses victimes, il fallait avoir de l'estomac !

Mary termina son café :

– Diès ne raisonne pas comme nous, c'est un dément… D'ailleurs, pour vivre dans ce taudis sordide en compagnie de quatre chiens… Tenez, là aussi il a failli me rouler : j'étais persuadée d'avoir tué, ou tout du moins gravement blessé une de ses bêtes. Jugez de mon étonnement lorsque, le lendemain, je le vois toujours avec deux chiens. Je n'avais pas imaginé qu'il en avait quatre, et qu'il les sortait deux par deux…

On entendit toquer à la porte et l'infirmière entra :

– Il y a là un fleuriste…

– Encore ? s'étonna-t-elle.

Un jeune homme entra, porteur d'un énorme bouquet de roses rouges. Mary écarquilla les yeux :

– Mon Dieu ! Mais combien y en a-t-il ?

– Douze douzaines, Madame, dit le jeune homme. Où dois-je les mettre ?

– Posez-les sur la table, dit Mary.

Et Fabien grommela :

– J'ai l'air fin avec ma petite douzaine ! Comme disait Brassens, avec mon bouquet de fleurs j'avais l'air…

Elle le coupa :

– Patron, c'est l'intention qui compte !

Elle ouvrit l'enveloppe qui accompagnait le somptueux envoi : « avec les compliments et les bons vœux de maître Léonard Roch ».

– Diable, dit-elle, qu'est-ce que je vais faire de tout ça ?

L'infirmière attendait, souriante.

– Dites-moi, Madame, il y a bien dans votre établissement des gens qui ne reçoivent pas de visites ?

– Hélas ! dit l'infirmière.

– Alors, distribuez-leur ces fleurs.

Et, comme l'infirmière prenait le premier bouquet qui lui tombait sous la main, elle s'interposa :

– Ah non, pas celui-là !

– Pourquoi ? demanda l'infirmière.

– Parce que c'est celui de mon patron, voyons !

Fabien éclata de rire.

– Merci Mary, c'est gentil.

– Je suis gentille parce que j'ai une faveur à vous demander.

– Dites toujours, fit Fabien sur la défensive.

– Faites en sorte, s'il vous plaît, que je n'aie jamais, plus jamais à faire avec le commissaire Rocca.

Fabien s'inclina :

– Ce sera tout ?

– Je voudrais aussi que Fortin me raccompagne à mon hôtel.

– Vous ne revenez pas à Quimper ? s'étonna Fabien.

– Pas tout de suite... J'ai quinze jours d'arrêt de travail, patron, et, à l'hôtel des Ambassadeurs j'ai une si jolie chambre sur la mer. Je vais pouvoir la regarder monter et descendre sans arrière-pensées...

Elle ferma les yeux. Fabien crut qu'elle était fatiguée et il fit signe à Fortin de se retirer. Quand le grand gaillard fut sorti, il ferma doucement la porte.

Mary ne dormait pas. Derrière ses paupières closes il y avait le ciel rose et bleu du petit matin sur l'immense plage de Rochebonne, les longues houles vertes crêtées de blanc qui léchaient inlassablement le mur de la promenade à marée haute et se retiraient maquillées de l'ocre du sable suspendu à leurs flancs. Elle avait envie d'entendre encore le cri des goélands, le clapotis du flot, de respirer, en ouvrant sa fenêtre, cette bouffée tonique venue du fin fond des sept mers.

N'était-ce pas ce vent du large qui, à l'aube du troisième millénaire, conservait aux Malouins une âme aventureuse ?

Quand l'infirmière revint, Mary Lester dormait, un large sourire aux lèvres.

FIN

Quimper - Saint-Malo
décembre 1995 - janvier 1996

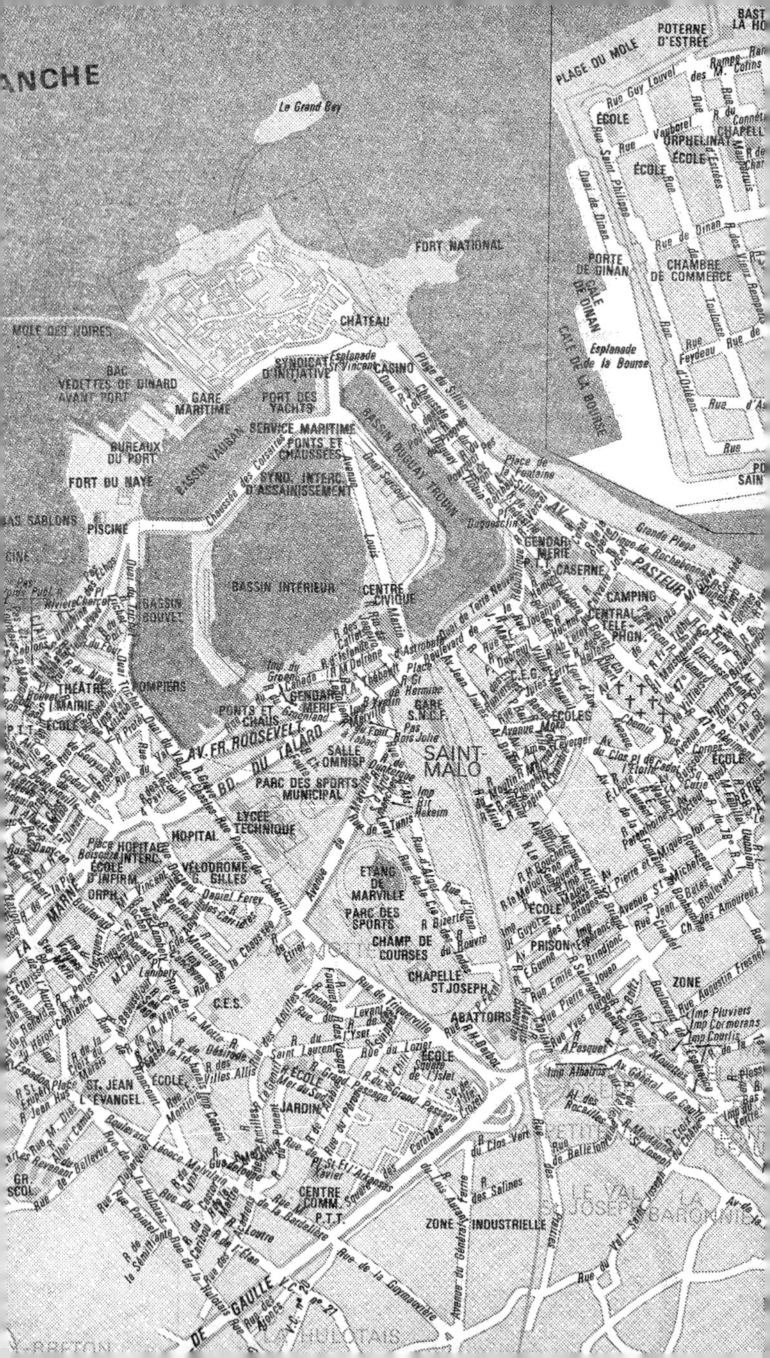

MANCHE
Le Grand Bey
FORT NATIONAL
CHÂTEAU
MOLE DES NOIRES
BAC VEDETTES DE DINARD AVANT PORT
GARE MARITIME
SYNDICAT D'INITIATIVE
CASINO
PORT DES YACHTS
SERVICE MARITIME
PONTS ET CHAUSSÉES
BUREAUX DU PORT
FORT DU NAYE
SYND. INTERC. D'ASSAINISSEMENT
BASSIN VAUBAN
BASSIN DUGUAY TROUIN
BASSIN INTÉRIEUR
BASSIN BOUVET
CENTRE CIVIQUE
PISCINE
THÉATRE
POMPIERS
MAIRIE
ÉCOLE
P.T.T.
PONTS ET CHAUS.
GENDARMERIE
GARE S.N.C.F.
SAINT-MALO
AV. FR. ROOSEVELT
BD DU TALARD
SALLE OMNISP.
PARC DES SPORTS MUNICIPAL
LYCÉE TECHNIQUE
HOPITAL
HOPITAL INTERC.
ÉCOLE D'INFIRM.
VÉLODROME G. GILLES
ÉTANG DE MARVILLE
PARC DES SPORTS
CHAMP DE COURSES
CHAPELLE ST JOSEPH
ABATTOIRS
C.E.S.
ST. JEAN L'ÉVANGEL.
JARDIN
CENTRE COMM.
P.T.T.
ZONE INDUSTRIELLE
LE VAL ST JOSEPH
LA BARONNIE
LA HULOTAIS
DE GAULLE
GENDARMERIE
P.T.T.
CASERNE
CAMPING
CENTRAL TÉLÉPHON.
C.E.G.
ÉCOLES
ÉCOLE
PRISON
ZONE
AV. PASTEUR
Grande Plage
Place de la Fontaine
Plage du Sillon
PLAGE DU MOLE
POTERNE D'ESTRÉE
ÉCOLE
ORPHELINAT
CHAPELLE
PORTE DE DINAN
CALE DE DINAN
CALE DE LA BOURSE
Esplanade de la Bourse
CHAMBRE DE COMMERCE
Quai de Dinan
Quai Saint Philippe
Rue de Dinan

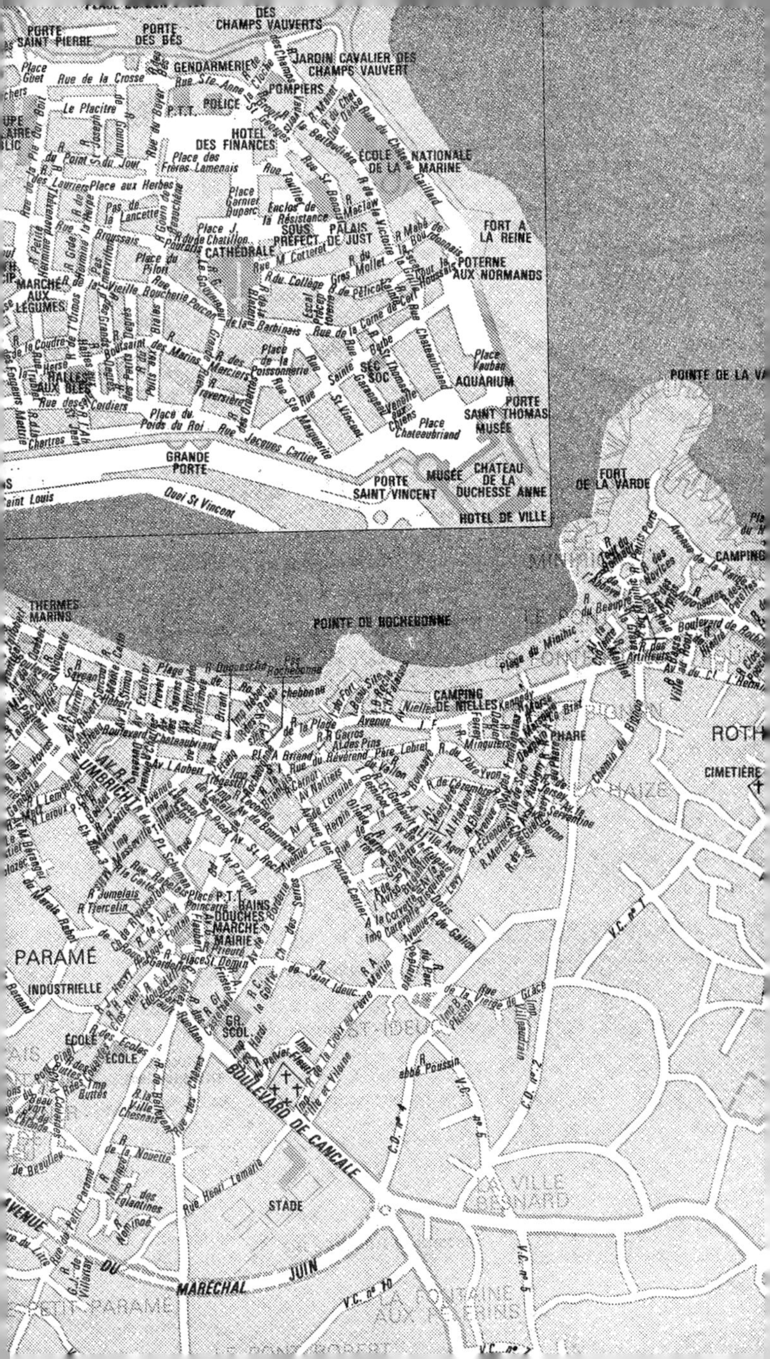

DES CHAMPS VAUVERTS
PORTE SAINT PIERRE
PORTE DES BES
GENDARMERIE
JARDIN CAVALIER DES CHAMPS VAUVERT
POMPIERS
POLICE
P.T.T.
Rue de la Crosse
Le Placitre
HOTEL DES FINANCES
Place des Frères Lamenais
ÉCOLE NATIONALE DE LA MARINE
Place aux Herbes
Pas de la Lancette
Place Garnier Duparc
Enclos de la Résistance
SOUS PREFECT
PALAIS DE JUST
FORT A LA REINE
Place J. Chatillon
CATHÉDRALE
POTERNE AUX NORMANDS
Place du Pilori
MARCHÉ AUX LÉGUMES
Rue de la Vieille Boucherie
Rue de la Barbinais
Rue de la Corne de Cerf
Place de la Poissonnerie
SEC SOC
HALLES AUX BLES
Rue des Cordiers
Place Vauban
AQUARIUM
PORTE SAINT THOMAS
MUSÉE
Place du Poids du Roi
Rue Jacques Cartier
Place Chateaubriand
GRANDE PORTE
PORTE SAINT VINCENT
MUSÉE
CHATEAU DE LA DUCHESSE ANNE
HOTEL DE VILLE
Quai St Vincent
Saint Louis
POINTE DE LA VARDE
FORT DE LA VARDE
CAMPING
THERMES MARINS
POINTE DU ROCHEBONNE
Plage du Minihic
Boulevard de Rotheneuf
CAMPING DE NIELLES
PHARE
ROTH
CIMETIÈRE
Boulevard Chateaubriand
AV. R. UMBRICHT
Av. L. Aubert
Rue du Révérend Père Lebret
R. du Père Yvon
Chemin du Bignon
LA HAIZE
Place P.T.T. Poincaré
BAINS DOUCHES
MARCHE
MAIRIE
PARAMÉ
INDUSTRIELLE
Place St. Domin
R. de Saint Ideuc
ST-IDEUC
Rue de la Vierge de Grâce
GR. SCOL
ÉCOLE
ÉCOLE
R. abbé Poussin
BOULEVARD DE CANCALE
C.D. no 4
C.D. no 2
V.C. no 1
V.C. no 5
LA VILLE BRENARD
STADE
Rue Henri Lemaître
AVENUE DU MARÉCHAL JUIN
V.C. no 10
PETIT PARAMÉ
LA FONTAINE AUX PÈLERINS

Dans la collection :
Les enquêtes de Mary Lester

N° 1 : LES BRUINES DE LANESTER

La découverte d'un clochard noyé dans le Scorff, entre Lanester et Lorient, quoi de plus banal ? La disparition d'un directeur de société, ça arrive tous les jours ! Des loubards qui volent une voiture, cambriolent une maison... Routine que tout cela pour l'inspecteur Amédéo.

La vie s'écoule, simple et tranquille au commissariat de Lorient. Ou plutôt s'écoulerait, si une jeune femme, inspecteur stagiaire, ne s'avisait de vouloir contre toute logique, relier ces faits pour en tirer des conclusions pour le moins surprenantes.

Mary Lester parviendra-t-elle, dans cet univers d'hommes, à mener son enquête jusqu'au bout ?

Vous le saurez en marchant sur ses traces, dans « Les bruines de Lanester ».

N° 2 : LES DIAMANTS DE L'ARCHIDUC

Après ses « exploits » au commissariat de Lorient, voici l'inspecteur stagiaire Mary Lester nommée à Quimper, ville où elle a passée une partie de son enfance.

Elle retrouve avec émotion les lieux où elle a vécu des moments heureux et où elle va désormais exercer son métier de femme flic. Cependant, le commissaire principal est en vacances et son adjoint semble avoir une certaine prévention contre les jeunes filles qui veulent « faire de la police ». Aussi la confine-t-il dans de vagues tâches administratives qui ne conviennent pas du tout à la nature active de Mary.

Un curieux personnage lui parle d'un hold-up dans une bijouterie. Rien que de très banal n'est-ce-pas ? même s'il y a eu prise d'otages.

Mais quand Mary Lester s'en mêle, rien n'est jamais banal !

N° 3 : LA MORT AU BORD DE L'ÉTANG

Après « Les bruines de Lanester » et « Les diamants de l'Archiduc », voici une troisième enquête de Mary Lester en Cornouaille.

Cette fois, son patron lui confie une enquête de routine, un accident de chasse où un industriel a trouvé la mort. Il y a des témoins dignes de foi, des notables qui ont assisté au drame... Un fusil qui explose, ça arrive et le commissaire principal est tranquille : cette fois, tout ce que pourra faire l'inspecteur Lester, c'est de remplir les paperasses habituelles en pareil cas, sans aller chercher midi à quatorze heures, sans mettre tout le monde sens dessus dessous.

Voire, quand Mary Lester se penche sur le plus anodin des problèmes, voilà qu'il devient tout soudain extraordinairement complexe. Après tout, cet accident n'est peut-être pas aussi accidentel qu'il le paraît.

Dans la collection :
Les enquêtes de Mary Lester

N° 4 : MARÉE BLANCHE

Comme il y a pénurie d'inspecteurs au commissariat de Concarneau, Mary Lester y est détachée pour enquêter sur la mort d'un jeune homme. Oh, rien de bien mystérieux, vraisemblablement un règlement de comptes entre marginaux. Voire…

On le sait, Mary Lester a le chic pour apercevoir, derrière des faits paraissants évidents, d'autres qui le sont moins. Et quand elle a saisi un fil conducteur, on peut compter sur elle, en dépit du scepticisme de ses supérieurs, pour débrouiller tout l'écheveau.

Elle va s'immerger dans une petite ville secouée par la crise de la pêche, découvrant, dans un monde dont elle ignore tout, des personnages aussi fragiles que rudes, bien attachants malgré leurs manières brusques. Et il y a urgence, car si la marée noire tue la flore et la faune, la marée blanche, elle, tue les hommes.

N° 5 : LE MANOIR ÉCARLATE

Il y a, au cœur de l'Argoat, la Bretagne des bois par opposition à l'Armor, celle de la mer, un étrange château de briques rouges qui semble avoir été construit au prix d'un pacte avec le Diable. C'est dans ces montagnes Noires qui savent au gré du temps, être enchanteresses ou lugubres comme l'enfer, que Mary Lester vient enquêter sur la mort violente d'un conférencier du château. Crime rituel ? La mise en scène du cadavre pourrait le laisser croire, si une seconde mort ne venait endeuiller l'illustre assemblée des écrivains qui y font salon. Quel est donc ce meutrier qui va et vient dans le domaine sans que la centaine de C.R.S. appelés en renfort par un élu pris de panique, paraisse le gêner le moins du monde ? Serait-ce un esprit, un insaisissable fantôme qui, au nom d'une mystérieuse malédiction venue du fond des âges, tue impitoyablement au « Manoir écarlate » ?

N° 6 : BOUCAILLE SUR DOUARNENEZ

Quand, en hiver, on découvre dans une mansarde une personne âgée morte de froid, personne ne s'en étonne. Mais quand ladite mansarde contient QUATRE cadavres de vieillards victimes des basses températures, on peut s'interroger sur les véritables raisons de ces décès. Or, quand la police est aux prises avec l'insolite dans un coin de Bretagne, on ne tarde pas à voir paraître Mary Lester.

Cette fois, elle est accueillie comme le Messie par le commissaire Colin. Pensez-donc, le Mardi-gras commence, et jamais le vieux patron de la police douarneniste n'a manqué le rendez-vous des masques.

Mary va devoir mener son enquête au cœur d'une bacchanale de quatre jours, dans un monde insolite et déroutant, peuplé de masques parfois mal intentionnés.

Dans la collection :
Les enquêtes de Mary Lester

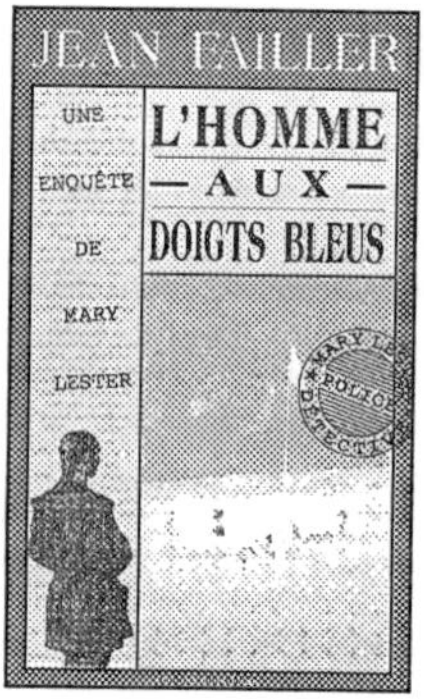

N° 7 : L'HOMME AUX DOIGTS BLEUS

Mary Lester est en vacances à La Baule… Quoi de plus normal au mois d'août ? Seulement, ce sont des vacances un peu particulières : un patron de la police nantaise a demandé « quelqu'un qui ne fasse pas trop flic » pour s'infiltrer dans le monde particulier d'un golf privé dans lequel se passeraient des trafics peu catholiques. Voici donc Mary, bon gré, mal gré, déguisée en apprentie golfeuse. La tâche, si elle est périlleuse, n'est pas sans agréments : jouer sur un des golfs les plus prestigieux de France et, le reste du temps, bronzer sur la plus belle plage d'Europe, n'est guère rebutant. Seulement, il y a une chose à laquelle Mary n'a jamais su renoncer, c'est à chercher ce qui se cache derrière l'insolite. La mort de Victoire Leblond sur le green du trou numéro sept est-elle aussi naturelle qu'il y paraît ? Et comment « l'homme aux doigts bleus » peut-il, trois mois après sa mort, faire encore des victimes au golf du Bois Joli ?

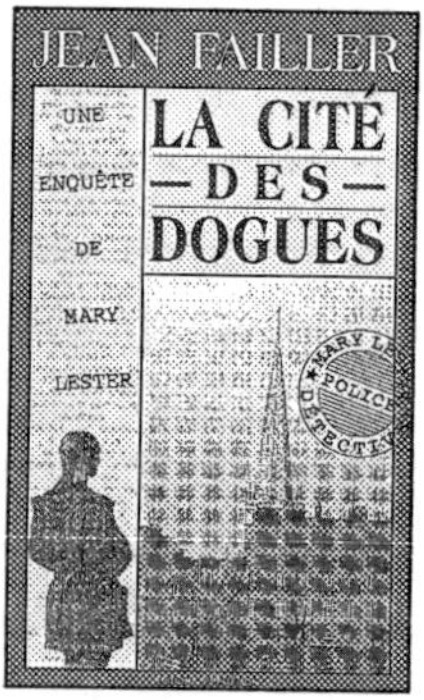

N° 8 : LA CITÉ DES DOGUES

Voici Mary Lester à Saint-Malo.

Elle y a été détachée pour enquêter sur la mort de la jeune et jolie femme du notaire, survenue huit mois plus tôt.

En son temps, la police locale avait conclu à une mort naturelle, hypothèse que tout semble confirmer, et Mary sent qu'elle n'est pas la bienvenue sur cette affaire.

Bien sûr, il faut faire plaisir au notaire, personnalité de premier plan dans la ville, qui réfute la thèse du commissaire Rocca.

Alors on suggère à Mary Lester de passer quelques jours bien agréables à Saint-Malo, de faire semblant de s'activer, et finalement d'abonder dans le sens du commissaire Rocca.

C'est bien mal la connaître !

N° 9 : ON A VOLÉ LA BELLE-ÉTOILE

Camaret-sur-Mer.

Un petit port tranquille à l'entrée de la rade de Brest. Mary Lester, pour échapper à la pression des médias, s'y réfugie pendant sa convalescence, suite à l'affaire de Saint-Malo. Elle trouve une population choquée : par deux fois, on a tenté de voler la Belle-Étoile, le langoustier emblématique de leur port, reconstruit à l'identique. Pour ces forfaits, un homme a été arrêté, jugé et condamné après avoir prétendu, contre toute vraisemblance, avoir agi seul. Puis voilà qu'inexplicablement, le bateau est jeté à la côte au cours d'une tempête.

Convalescente ou pas, Mary ne peut rester insensible au désarrois des Camaretois. Découvrira-t-elle pourquoi on a volé la Belle-Étoile ?

Dans la collection :
Les enquêtes de Mary Lester

N° 10 : BRUMES SOUS LE GRAND PONT

Un corps a été découvert par deux enfants dans un square désert à la périphérie de Saint-Nazaire. S'il ne s'agissait du cadavre du juge Ménaudoux, l'affaire serait vivement classée : crime de rôdeur. Mais c'est bien celui que les médias avaient surnommé « le petit juge » qui est mort.

La personnalité de la victime et les circonstances de sa mort rendent l'affaire brûlante. La Chancellerie veut en avoir le cœur net : Ménaudoux a-t-il a été assassiné ?

Si oui, par qui, pourquoi ?

Mary Lester est chargée de se pencher sur cette affaire trouble, bien plus trouble qu'on ne le pourrait croire…

N° 11 : MORT D'UNE ROMBIÈRE

L'Île-Tudy, petit village de pêcheurs à l'embouchure de la rivière de Pont L'Abbé à la pointe sud de la Bretagne.

Un lieu paisible s'il en est. Son port abrite désormais plus de bateaux de plaisance que de pinasses sardinières et les maisons de pêcheurs « pied dans l'eau » ont, pour la plupart été rachetées par des estivants.

C'est dans ce pays de la douceur de vivre qu'une vieille femme, Annette Bonnetis a été sauvagement assassinée.

Les gendarmes ont tôt fait d'arrêter un coupable « idéal » que tout accuse.

Mais Mary Lester, en se penchant sur l'étonnante personnalité de la victime va faire des découvertes bien surprenantes…

N° 12 : ALLER SIMPLE POUR L'ENFER

Enquête insolite pour Mary Lester.

Elle quitte la terre ferme et embarque sur un chalutier de grande pêche pour une campagne dans les mers les plus inhospitalières du monde. Sur le «Drakkar», fleuron de la flottille lorientaise, des incendies se déclarent régulièrement mettant en péril la vie des quinze hommes d'équipage.

Qui est le pyromane suicidaire ?

Pour le découvrir, pas d'autre moyen que d'embarquer et de partager la vie de l'équipage.

Et, sur l'Océan, entre les Féroé et l'Islande, on est plus près de l'Enfer que du Paradis.

Dans la collection :
Les enquêtes de Mary Lester

N° 13 : ROULETTE RUSSE POUR MARY LESTER

Voici Mary Lester sur la côte nord de Bretagne, à Saint-Quay-Portrieux où une étrange fatalité s'acharne sur une famille Russe, cinq frères, qui ont repris la gestion du casino.

Mary Lester est envoyée en observatrice sur les lieux. Elle va y faire d'étranges découvertes qui n'empêcheront pas d'autres « accidents » de décimer la famille Lissenkov.

Mais qui donc voue aux Russes cette haine mortelle? Qui donc les tuent, les uns après les autres, avec une détermination et une imagination imprévisibles?

Il faudra toute l'intuition, tout le flair de Mary Lester pour parvenir à démasquer l'implacable meurtrier.

N° 14 : À L'AUBE DU TROISIÈME JOUR

Où va-t-on si les voyous se mettent à annoncer leurs forfaits dans des livres, avant de les commettre?

C'est la question que se pose Mary Lester en lisant « à l'aube du troisième jour », un livre étrange qui raconte comment un chanteur célèbre va être enlevé pendant le festival des Vieilles Charrues, à Carhaix.

Le préfet est inquiet, le maire est inquiet, le président du festival est inquiet. Seul le commissaire Fabien, d'humeur bien guillerette en l'absence de sa femme, veut croire au canular.

Néanmoins, il envoie Mary Lester enquêter sur place.

Voici donc Mary plongée au cœur du festival, découvrant un monde nouveau, inconnu d'elle, où gravitent de bien inquiétants personnages.

N° 15 : LES GENS DE LA RIVIÈRE

« Savez-vous combien de personnes ont péri de mort violente sur l'Odet cette année? »

L'onde de « la plus jolie rivière de France », s'il faut en croire les dépliants touristiques, n'est pas seulement peuplée de saumons et de bars. Y passent parfois, entre deux eaux, entre deux marées, de mystérieux macchabées.

Combien de personnes ont péri de mort violente sur l'Odet? Ah la bonne question! Mary Lester va s'efforcer d'y répondre et ses recherches, entre Quimper et Bénodet, entre noyés, accidentés et disparus, vont la mener à de bien surprenantes découvertes.

Les aventures de Filosec & Biscoto

N° 1 : LES NAUFRAGÉS DE L'ILE SANS NOM

Un enchaînement d'événements fâcheux a conduit le bateau de Filosec et Biscoto sur un îlot inhabité, à quelques encablures du petit port où ils vivent. Cette île, qu'ils croient déserte, abrite le repaire secret de dangereux trafiquants d'armes. Sans le savoir, sans le vouloir, nos deux compères sont tombés dans la gueule du loup.

N° 2 : LE MANOIR DES HOMMES PERDUS

Après leurs exploits sur l'île sans nom, Filosec et son copain Biscoto n'ont plus le droit de partir seuls en bateau.

Leurs parents pensent qu'ils seront bien plus en sécurité dans les bois qui bordent la rivière.

Mais, dans un château abandonné et à demi tombé en ruines, nos deux gaillards découvrent de vieilles connaissances en pleine activité criminelle.

A travers les souterrains du manoir des hommes perdus, Filosec et Biscoto vont devoir jouer serré pour sortir sans dommages des griffes des bandits.

Retrouvez les enquêtes
de Mary Lester sur internet :
http://www.marylester.com

Éditions du Palémon
ZA de Troyalac'h - N° 10
Rue André Michelin - 29170 St-Évarzec
Dépôt légal 4e trimestre 1998.
ISBN 2-907572-18-0
Achevé d'imprimer sur Roto-Page
par l'Imprimerie Floch à Mayenne (55007)
Imprimé en France